Mulheres Que Matam

Título original: *Mujeres que matan*

Editor | Edson Manoel de Oliveira Filho
Produção editorial | É Realizações Editora
Capa | Daniel Justi
Diagramação | Mauricio Nisi Gonçalves / Nine Design
Preparação de texto | Érika Nogueira
Revisão | Carolina Ferraz
Ilustração | Sabrina Gevaerd

CIP-BRASIL. CATALOGAÇÃO NA PUBLICAÇÃO
SINDICATO NACIONAL DOS EDITORES DE LIVROS, RJ

B258m

Barrera Tyszka, Alberto, 1960-
Mulheres que matam / Alberto Barrera Tyszka ; [ilustração Sabrina Gevaerd] ; tradução Marco Catalão ; posfácio João Cezar de Castro Rocha. - 1. ed. - São Paulo : É Realizações, 2021.
248 p. : il. ; 21 cm.

Tradução de: Mujeres que matan
ISBN 978-65-86217-10-0

1. Romance venezuelano. I. Gevaerd, Sabrina. II. Catalão, Marco. III. Rocha, João Cezar de Castro. IV. Título.

21-70321 CDD: 863
CDU: 82-31(87)

Camila Donis Hartmann - Bibliotecária - CRB-7/6472
08/04/2021 09/04/2021

É Realizações Editora, Livraria e Distribuidora Ltda.
Rua França Pinto, 498 · São Paulo SP · 04016-002
Telefone: (5511) 5572 5363
atendimento@erealizacoes.com.br · www.erealizacoes.com.br

Este livro foi impresso pela Pancrom em junho de 2021. Os tipos são da família Dante MT Std. O papel do miolo é o Pólen Soft 80, e o da capa cartão Supremo 250 g.

Alberto Barrera Tyszka

Mulheres Que Matam

Tradução de
Marco Catalão

Posfácio de
João Cezar de Castro Rocha

É Realizações
Editora

Mas onde está a minha casa e onde a minha lucidez?

Anna Akhmátova

SUMÁRIO

(Algumas Palavras na Água)

Ela estava nua, de barriga para cima. Seus olhos estavam abertos. Sem brilho. Como duas pedras em um copo de água. Quando a encontraram, estava mergulhada na banheira há mais de oito horas.

As mulheres são diferentes em tudo. Até na hora de morrer.

As coisas aconteceram mais ou menos assim: a camareira da limpeza estava aspirando o corredor. De repente, sentiu o chão surpreendentemente macio, úmido. Com a ponta do sapato, pressionou o tapete e ele transpirou água. Eram sete da manhã. Ela acabara de começar o seu turno. Lá fora já havia o som de buzinas, um ruído de fundo inquietante. Talvez novamente houvesse pessoas improvisando barricadas e bloqueando as ruas.

Entrou no quarto 701 e imediatamente sentiu seus pés se molharem, o chão estava encharcado. Sem pensar muito, foi até o banheiro, seus passos produziram um som oco, plástico; parou na soleira da porta. Viu a banheira: a mão de uma mulher se alçava despreocupadamente sobre a borda de cerâmica. Quase parecia uma saudação flutuando no ar.

Só precisou dar mais um passo para descobrir o corpo nu, suspenso em meio ao líquido. A torneira tinha sido deixada aberta e a água transbordava lentamente. A camareira teria preferido não ver nada. Mas viu tudo.

Os olhos abertos debaixo d'água. Como duas pedras.

E então ela gritou. E saiu correndo. E gritou de novo. Uma, duas, três, quatro vezes. Sua gritaria se estendeu até chegar à recepção do hotel.

Magaly Jiménez tinha se registrado no dia anterior. Chegou no meio da tarde, não tinha bagagem. Fez reserva para apenas uma noite e pediu um quarto num dos últimos andares. No formulário de entrada, deixou em branco as informações sobre o estado civil e o endereço residencial. Anotou apenas seu nome, o número do documento de identidade e um telefone que depois se revelou ser o celular de uma amiga. Pagou com cartão de crédito e entrou no quarto às cinco da tarde. Em nenhum momento saiu do 701. Às oito da noite, chamou o serviço de quarto e pediu gelo. Perguntaram-lhe se queria mais alguma coisa, algo para beber, talvez algo para comer; disseram-lhe que o cardápio estava numa pasta embaixo da televisão, no móvel embutido na parede em frente à cama. Ela disse não a tudo. Muito obrigada. O funcionário que levou o balde de gelo disse à polícia que a hóspede abriu a porta rapidamente. Que parecia calma, embora também pudesse ter se mostrado um pouco nervosa. Que seus movimentos lhe pareceram bruscos, embora não muito. Que talvez ela tivesse evitado olhá-lo nos olhos, mas também não tinha muita certeza. É muito difícil falar de pessoas que você não conhece. Ela sorriu gentilmente, mas ao mesmo tempo deu a impressão de estar com pressa. Em seu rápido trajeto para colocar o recipiente de gelo sobre a mesa ao lado da janela, ele conseguiu ver uma garrafa de vodca e duas latas de água tônica. Estavam no criado-mudo. Lembrava-se com muita clareza daquilo porque eram objetos diferentes, distintos, não faziam parte da paisagem habitual dos quartos. Por isso chamaram sua atenção. Magaly Jiménez estava vestida com as mesmas calças e a mesma blusa com que chegara ao hotel. Muito obrigada, ela repetiu, e lhe deu uma gorjeta generosa. Tanto o funcionário quanto as recepcionistas pensaram, em certo momento, que ela era uma mulher casada que tinha vindo encontrar clandestinamente seu amante.

Ninguém, entretanto, apareceu para procurá-la. Magaly Jiménez não usou o telefone do quarto. Também não usou seu celular para se comunicar com outra pessoa. Apenas se despiu e bebeu vodca com água tônica. Ingeriu também sete ou oito ansiolíticos em comprimidos de um miligrama. Encheu a banheira com água morna. E se soltou. Deslizou para o fundo de sua vida, meio bêbada, cada vez mais sonolenta, anotando erraticamente algumas frases de despedida na folha de um caderno, enquanto o sono ia vencendo-a, enquanto se afogava e adormecia ao mesmo tempo.

As mulheres são diferentes em tudo. Até na hora de matar.

A polícia retirou o corpo e o colocou sobre os ladrilhos do banheiro. A pele da mulher estava enrugada e tinha um tom ligeiramente azul. Seus mamilos, no entanto, ainda estavam rosados, duros, como se estivessem acordados, como se sentissem frio. Um dos policiais notou aquilo e cutucou um companheiro, esticou dissimuladamente os lábios apontando para o cadáver, murmurou algo em seu ouvido, e então os dois sorriram.

Ela tinha cinquenta e dois anos e ainda era uma mulher atraente.

Por que *ainda*? Que ênfase esse advérbio confere? É uma maneira de dizer que, apesar de ter cinquenta e dois anos, Magaly Jiménez ainda podia ser uma mulher bonita, desejável? É uma forma de indicar que, passada a sua juventude, uma mulher só pode ser atraente se consegue esconder a sua idade? O que faz com que uma mulher se sinta ou não se sinta atraente? Quem define isso? Ela mesma? As outras mulheres? Os homens?

Uma mulher caminha pela rua e, ao passar, os homens a observam. Alguns fazem isso com certo recato, tentando camuflar sua curiosidade, seu interesse; outros não disfarçam nada: olham para ela sem esconder seu desejo. Ela percebe. Sente esses olhares. Sente o peso do desejo dos outros sobre seu corpo. Assim ela pode medir seu grau de atração? Ela gosta? Ela gosta que olhem sua bunda com lascívia? Ou não gosta, mas acha saudável, se sente valorizada?

Os olhares dos homens quase lambem seu corpo, seus movimentos.

Isso lhe agrada mais do que seu próprio olhar diante do espelho? Importa-lhe mais?

Como Magaly Jiménez se sentia em relação a si mesma, a seu corpo, a sua forma? Sentia-se atraente? Sentia-se atraente *ainda*?

Tinha cinquenta e dois anos, era magra, sem chegar a ser uma mulher atlética. Estava em boa forma, tinha músculos firmes. A análise da polícia não se deteve muito nesses detalhes e o corpo foi rapidamente transferido para o necrotério. As diversas evidências e a perícia criminal não permitiram que se formulasse nenhuma outra hipótese. Magaly Jiménez tinha tirado a própria vida. Tratava-se de um suicídio bem pensado, planejado e executado com calma e precisão. O coquetel de vodca com os ansiolíticos havia sido muito eficaz. Na folha de um caderno escolar novo, comprado provavelmente para a ocasião, Magaly tinha escrito algumas linhas curtas, endereçadas a seu único filho. Era fácil deduzir que a primeira carta tinha sido escrita antes de ela entrar na banheira. As outras duas mensagens que ela escreveu depois já estavam manchadas pela água e pelos efeitos do álcool e dos comprimidos.

Uma avaliação grafológica estabeleceu o óbvio: que a letra era da mesma pessoa e que ia registrando gradualmente o processo de intoxicação etílica e química da falecida. O mais provável era que a última mensagem tivesse sido escrita já muito perto do momento de sua morte, o que explicaria a fraqueza das letras e as gotas de água que tornavam aquela linha quase ilegível.

Querido Sebas:

não quero que você se culpe
por isto. Não tem nada a
ver com você. Você é a
coisa mais bonita, a maior,
a melhor que aconteceu
na minha vida. Não acho
que você vê entender nem aceitar
esta despedida. Espero que a sua
raiva não dure muito tempo
e que logo você me perdoe.

Te amo muitíssimo.

Mamãe

Esta poderia ser uma possível reconstrução do que aconteceu:

Magaly entrou no banheiro, ainda estava vestida, segurava um copo de vodca e água tônica. Já era noite. Do quarto, vinha o som distante da televisão. Era uma prévia do noticiário, transmitiam declarações de um general dizendo que tudo estava em ordem. No entanto, na rua, muito perto do hotel, às vezes soavam alguns tiros. A tarde inteira tinha passado assim. Era sempre a mesma coisa. Fazia tanto tempo que era assim. A polícia prendia pessoas todos os dias. Magaly apagou a luz do banheiro e continuou a se olhar no espelho, no escuro. O país era apenas um rumor distante, ardendo na televisão, aceso nos disparos dispersos que vinham da rua. Um rumor que estava do outro lado da vodca.

Talvez tenha pensado em Sebastián. Talvez tenha agradecido de novo por ele estar fora, tão longe. Era uma estranha mistura de tristeza e alívio. Viver naquela cidade era jogar roleta-russa. A qualquer momento você podia receber uma bala. Três anos antes, ela mesma havia incentivado seu filho a ir fazer uma pós-graduação nos Estados Unidos. Sebastián não estava muito convicto, não queria deixar seus pais sozinhos, não queria deixar a cidade, e estava começando a sair com uma garota de quem ele gostava muito, que o entusiasmava bastante. Nenhuma das três razões, no entanto, durou muito tempo. A menina voltou com um ex-namorado e Magaly obteve para ele um mestrado em econometria na Universidade de Los Angeles. Foi assim que ela conseguiu expulsar o filho do país. Toda vez que via as manifestações e a fumaça das bombas ela sentia um aperto agudo no peito. Saber que Sebastián estava longe lhe causava dor, mas também alívio. Sentia impotência, culpa, raiva, mas ao mesmo tempo também sentia uma áspera tranquilidade.

Despiu-se pouco a pouco diante do espelho. Lentamente. Primeiro tirou os sapatos. Fez isso com os pés, sem deixar de olhar seu reflexo no vidro. Depois tirou as calças, desabotoou a blusa, colocou-a sobre a tampa do vaso. Descalça e de *lingerie*, ela se aproximou da banheira, abriu a torneira e deixou a água correr até conseguir a temperatura adequada, então puxou a manivela para tapar o ralo. Quando a banheira começou a encher, voltou para o quarto, procurou na bolsa o pequeno caderno, uma caneta e a caixa com os ansiolíticos. Preparou outra dose, com menos tônica e mais vodca. De volta ao banheiro, desligou a televisão. Naquela hora, estavam transmitindo um informe do Alto Comando.

Pôs um dedo na banheira. A água estava morna.

Tirou a roupa que estava sobre a tampa do vaso e se sentou, tomou os dois primeiros comprimidos, bebeu um longo trago de vodca. Então pegou o caderno e a caneta e escreveu para o seu filho:

Querido Sebas:

não quero que você se culpe por isto. Não tem nada a ver com você. Você é a coisa mais bonita, a maior, a melhor que aconteceu na minha vida. Não acho que você vá entender nem aceitar esta despedida. Espero que a sua raiva não dure muito tempo e que logo você me perdoe. Te amo muitíssimo.

Mamãe

Antes de entrar na banheira, serviu-se um pouco mais de vodca e tomou mais dois comprimidos. Olhou-se novamente no espelho. Aproximou o rosto do vidro. Tinha vontade de chorar. Mas já tinha pensado demais em tudo o que estava acontecendo. Não se improvisa um suicídio. Pelo contrário, ele é só o último passo de uma morte que foi pensada em cada detalhe, que se foi administrando por um longo tempo.

Levou para a banheira o copo, o caderno, a caneta. Transpôs a borda de cerâmica e ficou de pé por alguns instantes dentro da banheira. Ponderou por mais alguns segundos. Depois se inclinou e deixou o copo num canto, ao lado do sabonete e de um pequeno frasco de sais minerais. A torneira ainda estava aberta. Uma leve nuvem de vapor flutuava a meia altura. Foi então que, em letras mais irregulares e menos firmes, escreveu as linhas da segunda mensagem, umas poucas frases em outra página de seu caderno. Foram apenas dezessete palavras:

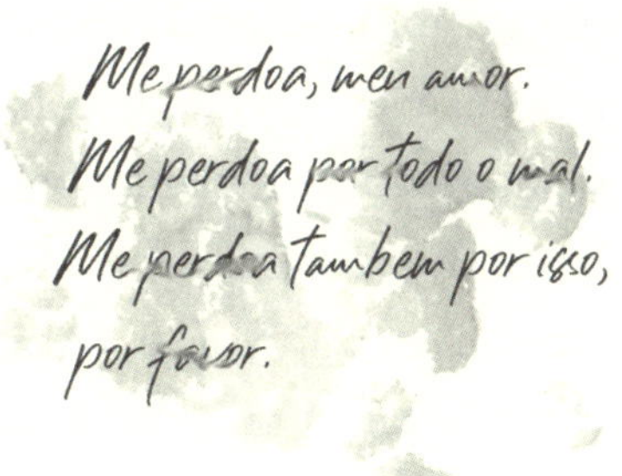

Talvez tenha sido um impulso de remorso. Não chegou a arrepender-se, mas sentiu um impulso interno que a fez se sentir culpada. Nua, prestes a entrar na água, pronta para morrer, de repente se sentiu desleal. E então escreveu com pressa uma súplica, esboçou a aparência de um arrependimento fugaz.

Me perdoa, meu amor.
Me perdoa por todo o mal.
Me perdoa também por isso,
por favor.

Mas continuou ali. Não se deteve.

Depois, talvez, deixou o caderno no escaninho de cerâmica que se estendia meio metro em direção à parede do fundo, o mais longe possível da borda da banheira. Deslizou pouco a pouco até ficar sentada no meio da água. Fechou os olhos e ouviu o som da água jorrando, o leve borbulhar; deixou que seu corpo entrasse em contato com o líquido, como se fosse uma abóboda flexível. Sentiu a água nos joelhos, nas nádegas e no sexo, nos seios e nas axilas. Afundou o corpo um pouco mais, até que seus ombros também foram abraçados pela leve maré da banheira.

O que aconteceu a partir daquele momento? Quanto tempo mais ficou ali, naquela mesma posição? Em que pensou? Como foi sentindo, suavemente, a invasão do álcool e dos ansiolíticos em seu corpo? Notou, talvez, como uma perna adormecia? Sentiu a saliva amarga, a boca cada vez mais seca? Teve alguma sensação de desequilíbrio, mesmo ali, flutuando na água? Se arrependeu? Por que, em certo momento, decidiu escrever algo mais, mais uma linha, uma última frase? Levantou-se da água com facilidade ou, ao contrário, com movimentos desajeitados, erráticos? Pensou na frase antes, enquanto estava se balançando na banheira, ou ela lhe ocorreu já no final, nua e curvada, pingando sobre a primeira página do caderno? Foi uma decisão racional ou um impulso abrupto, estimulado mais pela velocidade da vodca? Por que Magaly Jiménez escreveu a última frase?

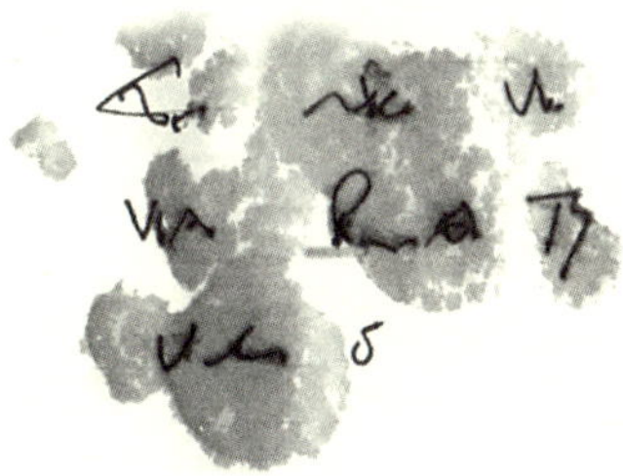

Todas as tentativas de decifrar aquela linha, de torná-la minimamente legível, fracassaram. A polícia não gastou muito tempo. Com eficiente velocidade, desistiu. Declarado o suicídio, parecia irrelevante que a confissão fosse ou não inteligível. Era apenas um assunto sentimental e, portanto, privado. Para os propósitos do caso, não importava muito o que a vítima teria querido dizer ao seu filho. Afinal, eram apenas palavras na água. A mensagem verdadeira e única tinha sido enviada diretamente, sem hesitação. Não precisava de traduções. Poderia ser lida com total clareza. Magaly Jiménez decidiu tirar a própria vida. Fez a sua morte. Mais nada.

(Os Suicidas Sempre Avisam)

Em outra época, talvez, um suicídio teria ocupado parte das páginas de notícia de um jornal. Mas naqueles dias, já nem havia jornais. Os que restavam eram dominados pelo Alto Comando. Na primeira página havia sempre fotos de um funcionário dando declarações contra os rebeldes e a favor da pátria. A grande maioria das pessoas estava interessada em outras notícias, queria saber em qual mercado tinha chegado frango, onde se podia achar pasta de dentes barata. A situação econômica era terrível, o dinheiro não dava para nada, os preços mudavam a cada dia, era preciso fazer fila para comprar qualquer produto e, muitas vezes, nem assim se conseguia. Não havia farinha, não havia arroz, mas também faltavam remédios, desodorantes e absorventes. A cidade parecia estar cheia de zumbis ou de fantasmas, perambulando, vagando sem sentido, em qualquer direção. Muitas ruas estavam vazias. Outras, cheias de pessoas em fila, esperando a sua vez na frente de um mercado ou de uma farmácia. Era comum encontrar pessoas remexendo os sacos de lixo, à procura de comida. Uma tarde, voltando do consultório, Magaly Jiménez viu uma família fuçando os dejetos, perto da sua casa. A mulher carregava uma menina nos braços. Outras duas meninas estavam ao lado do homem, todos de cócoras, examinando os sacos pretos e o lixo espalhado pela calçada. Não eram mendigos. Estavam todos limpos, vestidos, de sapatos. Magaly tinha em seu carro parte de uma compra que tinha feito no mercado negro, onde se conseguia de tudo, mas a preços exorbitantes. Parou o carro ao lado deles. A mulher estava de costas, agachada, explorando no lixo, à procura de preciosidades. Magaly sentiu um pedaço de ferro quente emperrado no peito. Tentou chamá-la, mas não sabia como falar com ela, o que falar com ela. Gritou-lhe um monossílabo. Duas vogais apertadas, urgentes. A mulher então se virou. Carregava o bebê no braço esquerdo. Na mão direita, apertava um osso de galinha. Magaly sentiu um cheiro de cinzas na garganta. Ofereceu-lhe um saco com um pão de forma e um pacote de farinha. Ao entregar-lhe, sentiu sua mão tremer. A mulher agradeceu e olhou aturdida para o presente. As duas meninas se aproximaram. O homem nem se virou. Magaly, aflita e ainda nervosa, voltou a ligar o carro e se afastou. Quando a família começou a ser um desenho distante no espelho retrovisor, ela começou a chorar.

Mas o Alto Comando dizia que não havia fome. O Alto Comando assegurava que a fome era uma manipulação midiática. O Alto Comando denunciava a fome como uma invenção dos inimigos. O Alto Comando dizia que o Alto Comando defendia e protegia todos os cidadãos de uma invasão estrangeira. O Alto Comando repetia que, graças ao Alto Comando, o povo tinha sido salvo.

Quem era o Alto Comando? Ninguém parecia saber.

O que era? Era uma voz acompanhada por muitos homens com armas.

Onde estava? Em toda parte.

A família que procurava comida no lixo também nunca aparecia no noticiário. Tampouco se viam as passeatas de protesto, as pessoas que eram presas, os estudantes que desapareciam ou eram deixados mortos nas ruas. O Alto Comando dizia que tudo aquilo não era real, que o que os cidadãos viam e viviam era apenas uma ficção.

Como todas as noites, Magaly estava fuçando na rede, buscando os sites que lhe pareciam mais confiáveis, tentando entender melhor a imagem que tinha visto, a perturbação daquela família querendo se alimentar dos restos dos outros. Em certo momento, levantou-se para buscar água. Abriu a geladeira. A luz iluminou as prateleiras. Viu tudo o que tinha: queijo, presunto, dois recipientes de vidro com comida pronta, algumas frutas, uma caixa de leite, uma dúzia de ovos acondicionados numa das prateleiras da porta, uma garrafa de vinho branco; alfaces, tomates, cebolas, cenouras, batatas, brócolis, cebolinha e aipo, no compartimento das verduras. Dois copos de iogurte. Manteiga importada. Azeitonas gregas. O frio tocou seu rosto. Não pôde evitar. Sentiu-se culpada. A geladeira parecia um altar. E a imagem da mulher, carregando a filha e empunhando um osso de galinha, passou novamente diante dos seus olhos. Era uma imagem que ela já não podia arrancar dos seus olhos.

– Você está deprimida?

– Todo o mundo aqui está deprimido – ela respondeu, depois de uma pausa.

Aquele breve diálogo era a única coisa de que Sebastián se lembrava com clareza da última conversa telefônica que tivera com a mãe. Haviam se falado alguns dias antes de ela morrer. Era tarde da noite. Sebastián acabara de chegar em seu pequeno apartamento em West Hollywood, havia bebido algumas cervejas num bar com alguns colegas da universidade. Depois eles foram para a casa de Phil, na praia, fumaram haxixe e tentaram assistir a um filme experimental. Era uma obra pretensiosa, filmada toda à noite e ambientada em práticas erráticas de surfe. Tinha uma iluminação deliberadamente ruim. O diretor queria que as sombras também fossem protagonistas da história. Mas a única narrativa parecia ser as ondas do mar, repetindo-se. Sebastián saiu antes do fim. Disse que tinha um encontro. Chegou em casa morto de fome e estava prestes a devorar umas sobras de comida tailandesa quando, de repente, o telefone tocou. Olhou o identificador de chamadas e depois viu a hora.

– Se aqui são onze e meia, aí é uma e meia da manhã – disse ao atender. As palavras estavam envoltas num tom de reprovação carinhosa.

– É verdade. Não consigo dormir – confessou Magaly.

Conversaram por cerca de meia hora, Sebastián lembrava vagamente, embora não pudesse determinar com clareza os temas do diálogo. Deve ter sido uma conversa como qualquer outra, em que trocaram comentários sobre os estudos na universidade, a vida diária de Sebastián em Los Angeles, uma ou outra notícia da família ou do país. Mas quase no final, de repente, eles ficaram em silêncio. Sebastián estava terminando de comer um curry de peixe e sentiu que, do outro lado da linha, sua mãe havia desaparecido. Pensou até que a linha tinha caído.

– Mãe? – ele chamou.

Depois de alguns segundos, sua mãe disse apenas: continuo aqui. Sebastián sentiu que sua mãe estava mal, mais triste que de costume. Angustiada. E foi então que lhe perguntou:

– Você está deprimida?

– Todo o mundo aqui está deprimido.

Sebastián lembrava-se apenas daquelas duas frases. O resto era parte da maré difusa da memória. Podia supor que tentou animar sua mãe. Podia deduzir que provavelmente voltou a lhe pedir para deixar o país, ao menos por algum tempo. Podia também imaginar que a convidou para passar alguns dias com ele na Califórnia. Você vem e fica duas ou três semanas aqui, vai à praia, descansa, se desconecta, se areja ele podia ter dito algo assim. Mas não se lembrava com exatidão. A próxima chamada que ele recebeu de Caracas foi para lhe darem a notícia, para anunciarem que sua mãe tinha morrido.

Sebastián não quis entrar no necrotério para reconhecer o corpo. Sua mãe estava há três dias numa das adegas refrigeradas. A família tivera que pagar clandestinamente uma quantia especial para mantê-la ali. O necrotério estava abarrotado, o frio não era suficiente para todos os corpos. Tia Isabel, irmã de seu pai, encontrou-se com ele no aeroporto e o levou diretamente para o necrotério. Lembrou-lhe que era uma instituição oficial que compartilhava as mesmas deficiências que as demais repartições do Estado. O necrotério era uma bagunça cheia de cadáveres.

– Você tem que ser forte – havia lhe dito tia Isabel ao abraçá-lo no aeroporto.

Não falaram muito no caminho para a cidade. Sebastián estava exausto. A maneira mais rápida e barata de chegar no país tinha sido através de uma viagem com escala em três aeroportos. A viagem com escalas tinha durado dezessete horas. Também lhe faltava ânimo. Ainda estava tentando digerir a notícia. Obviamente, sentia-se culpado. Por que não notou? Por que não percebeu a tempo que sua mãe estava tão desesperada? Por que nunca pensou que algo assim poderia acontecer?

– Não sofreu – disse a tia, sem ninguém perguntar. Soltou o comentário apenas quando o carro parou num sinal. Disse aquilo sem deixar de olhar para a frente e sem tirar as mãos do volante.

– O médico disse que ela não sofreu – repetiu, na mesma posição, mas um pouco mais alto, com mais ênfase.

Apenas dois anos antes, Sebastián havia realizado os mesmos trâmites com seu pai. Roberto Ruiz morreu numa noite de setembro em uma clínica da cidade. A crise começou de manhã, quando ele acordou. Ficou pálido, começou a arfar, a tossir. Magaly nem se deu ao trabalho de chamar uma ambulância. Temia que o marido tivesse uma convulsão, ele estava cuspindo sangue. Colocou-o no carro e o levou ao pronto-socorro. Não era a primeira vez que aquilo acontecia. Ele foi imediatamente hospitalizado. Medicaram-no, passou a tarde toda sob cuidados intensivos até que se estabilizou e foi transferido para um quarto. Mas já havia entrado numa crise terminal. Há sempre uma crise da qual não voltamos. Seu pai morreu naquela mesma noite. Sebastián viajou imediatamente. Com os olhos vermelhos e o rosto lívido, Magaly o esperava no aeroporto. Mais que abraçá-lo, sua mãe se agarrou a ele, tremendo.

Naquela ocasião, o trajeto do aeroporto até a cidade foi muito diferente. Os dois estavam muito tristes e sua mãe não parava de falar. Estava nervosa, precisava desabafar. Contou para ele como tudo tinha acontecido, assegurou várias vezes que havia feito o impossível para salvá-lo, que tinha reagido corretamente, que não havia cometido nenhum erro... até que o próprio Sebastián, um pouco exasperado, pediu-lhe que se acalmasse, pois não havia por que se justificar. Pois ela não o tinha matado.

– Papai estava doente – ele disse. – A gente sabia que algo assim poderia acontecer.

Sua mãe só assentiu com a cabeça.

Quase não havia carros na estrada, as montanhas estavam muito verdes. Os dois permaneceram em silêncio por alguns segundos. Como se não soubessem o que fazer com a paisagem. A beleza era incômoda. Doía nos olhos. Então sua mãe disse:

– Não fui vê-lo. Não quero vê-lo desse jeito.

Sentado na antessala do necrotério, esperando o supervisor do turno, Sebastián lembrou-se daquele momento, quando sua mãe se recusou a ver o cadáver do marido.

– Não quero ter essa imagem na minha memória.

Sebastián teve de entrar sem ela na enfermaria onde estava o corpo do seu pai. Acompanhado por uma enfermeira absolutamente inexpressiva, ele viu o cadáver. Entendeu sua mãe. Que sentido havia em transformar aquele momento numa dilacerante memória visual? Aproximou-se, quis tocá-lo, mas deteve o gesto, receou que a pele estivesse fria demais, que o contato fosse ainda mais doloroso que a imagem. Não conseguiu conter um gemido sufocado, o choro. Não sabia mais o que fazer. Aquele rosto com uma careta congelada, rígida; a boca entreaberta, os olhos vazios, era e não era ao mesmo tempo seu pai. Pela primeira vez, sentiu que a tristeza também podia ser uma experiência física. Os sintomas da melancolia podem ser tão dolorosos quanto os sintomas de uma infecção renal. A enfermeira perguntou se iam enterrá-lo ou cremá-lo. Sebastián se virou para ela, desnorteado.

– É por causa dos dentes – explicou a mulher.

Sebastián não quis ver a mãe no necrotério. Recusou-se. Só recebeu a autópsia, o relatório da polícia e os pertences pessoais que foram encontrados naquela manhã no quarto do hotel. Além da garrafa de vodca, da caixa de ansiolíticos, do bloco de notas e da caneta, entregaram-lhe um saco plástico com as outras coisas que a mãe deixara no local: as roupas, a bolsa, o celular, um batom e um pequeno estojo de maquiagem, as chaves do apartamento, uma carteira que não tinha dinheiro nem cartões de banco, só os documentos, a identidade, a carteira de motorista, a carteirinha da faculdade de odontologia. Mais nada. Sebastián observou tudo em silêncio, sentindo um grande vazio. Aquilo era o que restara da mãe. Seus restos mortais.

O relatório da autópsia detalhou, em termos clínicos e com uma redação excessivamente precisa, a morte de Magaly Jiménez. Referia-se a uma asfixia por afogamento, mencionando estágios prováveis no processo respiratório, apontando para um quadro de dispneia e, finalmente, uma anoxia cerebral irreversível.

Sebastián moveu a língua dentro da boca. As palavras tinham gosto de ferrugem. Ele as lia com os olhos, mas as sentia manchando sua saliva.

Sua mãe nunca gostou muito de praia. Tinha nascido na montanha, a seis ou sete horas de carro do litoral. Nunca aprendera a nadar e, no entanto, no momento de morrer, havia escolhido se afogar na água. O paradoxo, porém, escondia uma escolha pela discrição que tinha muito a ver com a sua personalidade, com a maneira como ele havia levado a própria vida. Sempre fora uma mulher calada, pouco eloquente. Estudou odontologia, especializou-se em periodontologia, trabalhou disciplinadamente até conseguir ter seu próprio consultório. Durante anos sua vida pessoal foi adiada. Casou-se aos vinte e cinco anos com Roberto Ruiz, um homem dez anos mais velho, solteiro e comedido, mais de resmungos do que de palavras. Ele havia estudado administração e sempre trabalhara como funcionário público. Só tiveram um filho, a quem tentaram dar o melhor possível, como se costuma dizer e como costuma acontecer. Sebastián cresceu numa família estável, mas sem graça. Nunca soube se seus pais eram ou foram alguma vez felizes juntos. A felicidade é um mistério tão profundo quanto a depressão.

O legista lhe disse que os suicídios por afogamento não eram frequentes. Que, em geral, as estatísticas mostravam que as mulheres preferiam tirar as próprias vidas de outra forma: jogando-se de um lugar alto, envenenando-se com alguma substância tóxica, até mesmo se enforcando. Depois ele permaneceu em silêncio por alguns segundos, como se tivesse algo para comentar, mas não se atrevesse a tanto. Sebastián notou imediatamente.

– Tem mais alguma coisa? – perguntou.

– Isso pode lhe soar mal.

E novamente ficou em silêncio. Sebastián entendeu que o homem estava antecipando um pedido de desculpas, solicitando uma autorização. Moveu a cabeça, como se insinuasse que queria ouvi-lo.

– Foi uma morte elegante – o médico quase sussurrou.

Sebastián permaneceu inalterado. Lembrou-se do que a tia já lhe havia dito.

– O que eu estou tentando lhe dizer – ele continuou, com uma firmeza serena – é que ela poderia ter dado um tiro na cabeça, poderia ter se enforcado com uma corda, ter se jogado de uma ponte, da sacada de um prédio... E ela não fez nada disso. Escolheu uma maneira de morrer que não deixa vestígios. E acho que ela fez isso por você. Não sei se isso lhe serve para alguma coisa, mas você tem de entender que sua mãe queria evitar lhe proporcionar um espetáculo.

Sebastián não soube o que dizer. Sentiu que não dispunha de linguagem. O legista lhe estendeu um envelope de papel. Sebastián o fitou, mas não fez nenhum gesto para pegá-lo.

– São fotos – disse o homem. – Foi assim que a encontraram no banheiro do hotel.

Sebastián continuou sem se atrever a pegar o envelope.

– Você não precisa vê-las – sussurrou o médico, deixando o envelope ao lado dos pertences sobre a mesa. – Pode jogá-las no lixo ao sair daqui.

Também teve de falar com um comissário de polícia, um oficial magro e mal-encarado, que apesar do calor usava uma jaqueta de couro preta. Era evidente que ele estava com pressa e de mau humor. Comentou com rapidez o relatório, não se deteve em detalhes, nenhum tipo de investigação tinha sido necessário. Tratava-se de uma viúva, sozinha, atribulada, com um quadro depressivo severo, provavelmente perturbada por toda a situação por que o país passava.

– O rádio e a televisão passam o dia todo enchendo as pessoas de angústia – resmungou.

Sebastián não disse nada.

Depois de uma pausa, sem muito interesse, o oficial lhe fez duas ou três perguntas gerais sobre sua mãe, sobre o tipo de relacionamento que eles tinham; indagou se eles conversavam com frequência, se sua mãe já havia revelado antes em alguma conversa a intenção de tirar a própria vida.

Sebastián disse que não. Nunca.

– É estranho – comentou o policial, descuidadamente, sem olhar para ele. – Os suicidas sempre avisam.

A frase se transformou numa mancha. E se instalou atrás dos seus olhos. À noite, no apartamento da mãe, sentado à mesa da sala de jantar, sentiu que ela ainda estava lá, como uma mancha borrada, flutuando sob seu olhar. Por que não tinha sido capaz de ler em alguma frase, no meio de uma conversa inofensiva, uma pista do que ia acontecer? Por que nunca levou a sério a tristeza de sua mãe? Por que não ouviu os sinais de alarme?

O apartamento estava impecável. Como se tivessem acabado de limpá-lo. A geladeira estava vazia, só havia nela duas garrafas cheias de água. Tudo estava em ordem. Havia até um vaso com um buquê de flores azuis. Sebastián não conseguia se lembrar do nome daquelas flores, mas sabia que sua mãe gostava muito delas. Quando as comprara? Por que as comprara? Levantou-se, deu alguns passos, vagando, fitando lentamente todo o lugar. Aquela era a casa de uma suicida? Não havia nenhum sinal ali, nenhum vestígio, nenhum sintoma. Naquele momento, a chave poderia soar na fechadura, a porta poderia se abrir, sua mãe poderia aparecer e sorrir e saudá-lo e dizer boa-noite e perguntar quando você chegou? Mas não. Aquilo não aconteceria nunca mais. E sua própria mãe devia saber.

Quando saiu da sua casa pela última vez, quando foi para o hotel, ela sabia perfeitamente que jamais voltaria, que estava abandonando para sempre aquele lugar, que Sebastián encontraria o apartamento assim quando viesse. Tudo estava intacto. Tudo estava impecável. Haveria talvez, naquela perfeição, alguma mensagem?

Sebastián não aceitou o convite para ficar na casa de sua tia Isabel. Fez questão de dormir no lugar onde sua mãe morava, no mesmo apartamento onde a família sempre vivera. Era aquela a sua casa, ele disse. Provavelmente, sem ter muita consciência do que fazia, desejava apertar um pouco sua culpa, castigar-se com o silêncio do imóvel.

Sebastián percorreu cada cômodo sem pressa, com movimentos suaves, como se tivesse medo de desfazer a atmosfera, aquele véu delicado que mantinha em ordem, calmamente, toda a decoração da casa. Um gesto brusco poderia causar um desmoronamento.

Quando entrou no quarto de sua mãe, sentiu pedaços de vidro no fundo da língua. Tudo ali também guardava uma ordem precisa, completa, intolerável. A cama estava perfeitamente arrumada, o lençol estava perfeitamente esticado, liso. No criado-mudo, cada objeto parecia respeitar perfeitamente a organização do espaço: a luminária no canto, três livros dispostos, organizados, um sobre o outro, um pequeno porta-retratos no qual Sebastián sorria aos cinco anos de idade, uma cumbuca de porcelana onde – certamente – sua mãe colocava a cada noite os comprimidos que ela precisava tomar antes de dormir.

Comprimidos.

Dormir.

Sebastián sentou-se na cama. O colchão lhe pareceu mais duro do que esperava. Não cedeu ao seu peso. Olhou os armários fechados, o móvel de madeira com gavetas que servia como base para a televisão, o espelho na parede. De repente, viu sua mãe naquele dia, naquela tarde, preparando tudo para ir ao hotel: ela está de lingerie, diante do armário aberto, como se estivesse decidindo que roupas vestir. Na cama está a bolsa. No chão há dois pares de sapatos e sandálias. A televisão está desligada.

O vestido verde plissado?

Ou talvez a blusa e a calça preta que ela comprou há dois anos?

Ou quem sabe algo mais casual: a calça jeans e a camisa branca sem botões?

Na verdade, sua mãe não está nua. Ou melhor: está, mas Sebastián não pode vê-la assim. Sua imaginação não permite isso. A imagem é borrada. O corpo dela nunca aparece completo, nunca se pode ver nitidamente. Ele vê apenas o rosto dela olhando para as fileiras de roupas penduradas dentro do armário. Os olhos da mãe. No máximo, os ombros. Não o peito. Não a cintura flexível, amolecida pelos anos. Não o sexo.

Está nua ou usa lingerie?

Sebastián se lembrava de ter visto sua mãe sem roupa uma única vez. Devia ter seis ou sete anos. Queria ir para a rua e brincar com os amigos. Sua mãe estava tomando banho. Sebastián entrou sem bater na porta, sem malícia alguma, preocupado apenas em obter rapidamente a permissão para sair. Atrás da cortina do banheiro, sua mãe ficou surpresa ao ouvir sua voz. Disse para ele esperar lá fora. Mas Sebastián insistiu. Perguntou de novo. Uma, duas, três vezes, até que, já farta, sua mãe fechou a torneira e puxou a cortina de supetão, irritada, impaciente, procurando com pressa uma toalha. Naquela fração de segundos, Sebastián a viu. O que mais o impressionou foram seus pelos púbicos, aquele maço de cabelos curtos e ainda molhados, no meio do corpo dela. Ele os olhou boquiaberto enquanto sua mãe gritava para ele sair, dizendo que ele não podia esperar ali, que devia sair do banheiro de uma vez por todas.

Esforçou-se. Apertou os olhos como se quisesse de fato apertar sua imaginação. Até que finalmente conseguiu ver sua mãe de costas, diante do armário. Está nua. Suas costas lisas, sua pele, suas nádegas. Está nua, decidindo que roupas vestir para ir morrer.

Outra lembrança: do nada, Mirian de repente surge. Foi a última garota com quem Sebastián ficou. Tinham terminado há quatro meses. Num acordo tácito, sem necessidade de explicações, os dois começaram a se afastar, a se desligar um do outro, até que o relacionamento naturalmente acabou. A lembrança se localiza numa noite, no apartamento dela. Sebastián olha para o relógio, está desesperado. Comprou ingressos para um concerto e tem medo de chegar atrasado. Mirian ainda está de lingerie, indecisa. Já experimentou várias roupas e nenhuma parece convencê-la. As possíveis combinações de roupas estão jogadas na cama, como cadáveres de pano, arrumados, à espera de que uma decisão repentina os ressuscite.

Sebastián olha para o relógio outra vez, começa a se exasperar.

Mirian puxa um vestido de uma cor indefinida e, sem o tirar do cabide, desliza-o sobre seu corpo e olha para Sebastián.

– O que acha deste?

– Sensacional – ele exclama.

– Você diz isso porque quer que a gente saia agora.

– Não, estou falando sério. Gosto muito desse.

– Você nem olhou pra ele direito! – resmunga Mirian, jogando o vestido na cama e voltando a cravar seus olhos nas roupas.

Sebastián sente uma raiva terrível, um desejo irremediável de empurrá-la para dentro do armário, de trancá-la e deixá-la lá. Sente medo.

– Diga a verdade. Mas sem brincadeira. – Mirian o encara, depois mostra uma camisa florida. – De qual você gosta mais? Esta camisa, com a calça azul, ou o conjunto vermelho que eu usei quando a gente jantou em Malibu?

Nenhum homem pode sobreviver a uma pergunta dessas.

A memória é leve e arbitrária. Salta de um armário para outro sem necessidade de justificar nada. Talvez, naquela ocasião, Sebastián tivesse preferido controlar melhor suas lembranças, evitar o salto entre aqueles dois momentos. Pensou de repente em seu próprio armário. Lembrou-se dele com mais gavetas do que cabides. Com mais anarquia do que equilíbrio. E então também pensou: os armários são femininos. Em geral, a relação dos homens com as roupas é diferente. Há menos jogo, menos diversidade, menos prazer.

De repente, o telefone tocou.

Sebastián se levantou, sentou-se na cama, olhou instintivamente para o criado-mudo. Imaginou que devia ser sua tia Isabel. Não tinha vontade de conversar. Já eram dez e meia da noite. Ela podia deduzir tranquilamente que ele estava dormindo. Permaneceu em silêncio ao lado do telefone, esperou que o toque parasse, que se ativasse a secretária eletrônica. Não deixaram nenhuma mensagem.

Sebastián se deixou cair, voltou a se deitar lentamente na cama, espichou as pupilas até o teto. Quantas vezes sua mãe teria ficado assim? Os ruídos da rua estavam muito distantes. Quantas vezes, numa noite como aquela, no meio das sombras, ela tinha querido tirar a própria vida? Talvez tenha começado primeiro sendo aquilo, apenas um desejo, um desejo pequeno, assustado, espreitando através de um buraco. E depois, pouco a pouco, aquele desejo foi crescendo, amadurecendo, tornando-se uma ânsia, uma ideia, um argumento, uma decisão, um destino. Nunca hesitou? Nem mesmo quando desligou o telefone, depois de falar com ele? Ou quando deslizava os olhos em direção ao criado-mudo, àquela foto onde os dois apareciam abraçados, rindo, na praia?

Sentiu o ardor das lágrimas molhar novamente a borda de suas pálpebras. Vinham de dentro. Como se fossem um suor ácido. Demorou alguns segundos para se levantar, mas quando enfim se moveu, fez isso de uma só vez, abruptamente. Deu várias passadas, foi até a sala, pegou desajeitadamente e com vigor o envelope que lhe tinham dado, rasgou a borda com um puxão e, quase como se fosse a única maneira de fazer aquilo, arrancou de lá as fotos. Estava tremendo. Ainda de pé, observou-as prendendo a respiração.

Sua mãe deitada debaixo d'água.
Sua mãe nua debaixo d'água.
Sua mãe adormecida debaixo d'água.

A imagem estática oferecia uma estranha sensação de paz. Seu rosto expressava serenidade. Seus cabelos se desarrumavam suavemente no líquido. Os ombros pareciam seguir uma dança suave, acompanhando os seios. Nada em seu corpo estava tenso, crispado. Seu sexo era um ponto macio, um nó de pequenos cabelos boiando no meio da banheira. Pensou que era talvez a segunda vez em sua vida em que via sua mãe sem roupas.

Sua mãe sem vida debaixo d'água.

O telefone voltou a tocar. Como se fosse um animal de estimação irritante, impertinente.

Sebastián se sentou à mesa. Pegou as outras coisas que lhe haviam dado no necrotério. O saco e os poucos itens que encontraram lá. A caixa com comprimidos. E os papéis. Aquelas folhas com a letra de sua mãe, com suas últimas palavras. Leu tudo outra vez, muito devagar. Observou como a forma das linhas variava, como as letras mudavam, pareciam menores, esmagadas, esquivas. Traços apressados.

A escrita se transforma à medida que se aproxima da morte.

O primeiro texto transpirava desenvoltura, equilíbrio. No segundo, insinuava-se um tom mais sentimental, uma declaração de amor umedecia a culpa. E o terceiro? O que era? O que dizia aquela única linha? O que havia por trás daquele enigma de letras soltas e dissolvidas?

Sebastián procurou uma folha limpa, uma caneta. Escreveu uma por uma cada letra que podia ser lida, marcou cada mancha, cada espaço.

Duas horas depois, quando já estava deitado na cama de sua mãe, nu, olhando para o teto, ainda continuava cismando sobre aquela oração incompleta. Pensou que por trás daquele enigma ainda estava sua mãe nua, flutuando. Que, enquanto não conseguisse ler aquela linha, ainda seria dominado pela inquietação; que, se não conseguisse ler aquela frase, nunca saberia realmente o que havia acontecido, por que sua mãe tinha decidido afogar sua vida na banheira de um hotel.

(Ouvir os Mortos)

Nunca soube como, nem a que horas, mudou-se da cama da sua mãe para o sofá da sala. Talvez um sonho o tenha empurrado para aquele lugar. Mas não conseguia se lembrar, não conseguia se lembrar de nada. Sentia a cabeça inchada, como se tivesse bebido muito. Também tinha uma sensação de cansaço. Pensou que estava apenas triste. O telefone tocou novamente, ele demorou alguns segundos, confuso entre a memória e o ouvido, tentando localizar onde estava o aparelho, até que o encontrou numa pequena mesa de metal perto da porta que dava para a cozinha. Atendeu instantaneamente, certo de que era um telefonema de sua tia Isabel.

– Desculpe, eu acordei agora, tive uma noite muito ruim – adiantou uma justificativa.

– É normal, não é? – a voz demorou um pouco para responder. Mas respondeu com uma estranha naturalidade. Sobretudo porque, obviamente, não era sua tia. Sebastián hesitou. Não conhecia aquela voz. Repassou rapidamente o quadro da família, à procura de alguma possível prima, alguém próximo que poderia incorporar aquela voz. Não se lembrou de ninguém. Então, houve uma pausa estranha.

– Meu nome é Elisa Naranjo. Você não me conhece.

Sebastián se sentiu um pouco estúpido: de cueca, descalço, recém-acordado e com a boca seca, segurando o telefone na mão esquerda para falar com uma estranha. Houve outro breve silêncio. Até que Sebastián disse oi.

Foi uma saudação pequena, prudente, sem muita desenvoltura. Contudo, foi a única palavra que ele conseguiu capturar enquanto, sob seus olhos, dançavam várias imagens, formas possíveis para uma Elisa desconhecida. Esboçou por trás daquela voz uma mulher com menos de trinta anos de idade. Imaginou-a branca, muito branca, e com o cabelo preto, muito preto. Também imaginou seios grandes, generosos, perfeitamente combinados com nádegas grandes e firmes. Sebastián puxou suavemente uma cadeira e se sentou como se tivesse aquela Elisa diante dele. Tentou recuperar o controle da conversa, pediu desculpas e disse que achava que Elisa talvez tivesse se enganado. Para qual número ela tinha ligado?, perguntou. E ela recitou rapidamente um número de sete dígitos. Então ele perguntou novamente: com quem você quer falar? E ela respondeu apenas com outra pergunta: você é Sebastián Ruiz, certo? E ele disse que sim. E ela apenas confirmou: é com você que eu quero falar.

Combinaram de se encontrar numa padaria numa área próxima. Sebastián chegou alguns minutos mais cedo. Havia acabado de tomar banho e não tinha encontrado café na casa de sua mãe. O lugar estava fechado e uma fila de quarenta pessoas ou mais já se formava junto à porta. Explicaram que era a fila para comprar pão. Estavam esperando há quase duas horas e continuavam se juntando mais pessoas no fim da fila. Elisa lhe contou que, já há alguns meses, a escassez se havia ampliado rapidamente e atingia quase todos os produtos. Não se encontrava nada e as filas se multiplicavam. Em qualquer ponto da cidade, sempre havia alguma fila. Às vezes, nem mesmo se sabia bem para quê, mas as pessoas se alinhavam do mesmo jeito, pensando que no início daquela corrente humana com certeza haveria algum tipo de mercadoria necessária: meio quilo de algum grão, um saco de leite em pó, meia dúzia de ovos. No início, entrar numa fila começou a ser um investimento. Logo depois, passar horas de pé, esperando, tornou-se um emprego. Havia os que cobravam para ocupar um lugar, os que ofereceriam sua carteira de identidade e vendiam suas cotas de racionamento. Depois, ficar numa fila se transformou num modo de vida, numa maneira de estar na vida. Tudo girava em torno daquela formação simples, quase sempre silenciosa e melancólica, de homens e mulheres organizados numa sequência irregular.

– Tudo pode acontecer ali.

Elisa o impressionou com uma história de gangues que assaltavam filas. Roubavam quem estava na fila e roubavam, também, a mercadoria que as pessoas iriam comprar.

– E ninguém faz nada?

– Ninguém faz nada porque não há nada a se fazer. A não ser que você queira encarar os criminosos. Ninguém se mete. É conveniente para o Alto Comando que as pessoas vivam em filas. Passamos o dia todo enfileirados. Somos um exército adormecido.

Elisa era completamente diferente de como ele a havia imaginado. Era magra, não muito alta; tinha cabelo quase castanho, pele queimada e seios pequenos. Mas havia algo em seu olhar, em sua boca, em sua maneira de falar, que desde o início lhe pareceu perturbador. Ela o levou a uma cafeteria menor, quase escondida no canto de uma galeria comercial parcialmente abandonada. Assim que eles se sentaram, ela começou a falar do seu projeto sobre mulheres suicidas.

– Acho que é um sintoma – ela disse em algum momento da conversa.

Aquelas palavras cruzaram rapidamente entre os dois, atravessando o espaço entre suas bocas, como uma linha de alumínio fumegante.

Elisa lhe contou que há três anos, quando a crise e os protestos se iniciaram, quando o Alto Comando começou a levar policiais e militares para as ruas, ela logo começou a notar que cada vez mais mulheres estavam cometendo suicídio. No início, as mortes apareciam no noticiário, mas muito rapidamente o Alto Comando decidiu que aquela era uma informação inconveniente para a saúde dos cidadãos.

– É o que eu acho, o que eu deduzo – Elisa esclareceu, antes de tomar outro gole de café quente.

Por quê? Porque, da noite para o dia, na pequena imprensa que restava, nos telejornais, até mesmo em muitos sites, o tema nunca mais reapareceu. As mulheres suicidas foram proibidas depois de mortas. Tiraram-lhes a oportunidade de serem notícia. Elisa tinha feito uma investigação, tinha algumas estatísticas. Pegou umas folhas de papel e as mostrou a Sebastián.

De acordo com o registro do necrotério da cidade, o aumento de suicídios femininos apresentava um saldo totalmente oposto à presença daquelas mesmas mortes nos meios de comunicação. A cada ano, os suicídios tinham aumentado em trinta ou quarenta por cento, e, entretanto, naquele mesmo período, as notícias sobre aqueles mesmos eventos estavam desaparecendo de forma surpreendente.

– Dois meses atrás, uma mulher se jogou do viaduto – Elisa falava rápido, com um entusiasmo quase elétrico. – Foi de madrugada. Antes de se jogar, grampeou na mão uma receita. Era um remédio que ninguém conseguia encontrar. Foi uma coisa horrível, assustadora.

– Acho que o caso da minha mãe é muito diferente – Sebastián ficou na defensiva, sem saber muito bem por quê, talvez intimidado pela veemência de Elisa.

– A morte dela não apareceu em lugar algum. Ninguém falou sobre ela, ninguém publicou nada.

– E como você ficou sabendo?

Elisa hesitou por um segundo. Olhou-o nos olhos, como se estivesse decidindo se podia ou não confiar nele. Depois virou a cabeça e examinou com o olhar todo o local em poucos segundos. Inclinou-se, baixou a voz.

– Tenho um contato na polícia. Ele sabe que estou nisso. Quando dá, ele me avisa.

Assim, ela conseguira ir reunindo um registro oculto de todas aquelas mortes invisíveis.

Mulheres que se quebram sem que ninguém saiba.

Mulheres que não aguentam mais e se destroem.

Mulheres tristes, muito tristes, tão tristes que escolhem desaparecer.

Mulheres que não aguentam continuar vivas.

Mulheres que atiram, que injetam, que cortam, que sufocam, que se jogam no vazio.

Mulheres que adormecem debaixo d'água.

– Como a sua mãe.

A frase roçou o ar. Sebastián sentiu-se indefeso, excessivamente exposto. Receou ser chacoalhado de repente por um ataque de choro. Achou que ainda estava muito suscetível. Sentiu-se ridículo, envergonhado. Como poderia começar a chorar na frente de uma desconhecida? Apertou as pálpebras, concentrou-se nos lábios de Elisa. Gostou do lábio inferior, mais grosso. Imaginou que a beijava. Que com seus lábios tomava aquele lábio e o lambia, puxava-o. Desceu pela mandíbula, caiu no centro dos seios. Tentou imaginar seus seios pequenos. Deixou seus lábios brincarem com os mamilos.

Assim os homens lutam contra a vontade de chorar.

– No que você está pensando? – Elisa perguntou.

Sebastián demorou alguns segundos para responder e finalmente conseguiu dizer que não estava pensando em nada, ou que, ao contrário, estava pensando em tudo. Tudo e nada ao mesmo tempo.

– Você se importa de falar sobre isso?

Sebastián disse que não.

Elisa repetiu que se tratava de um sintoma. Ela achava que as mulheres suicidas eram outro indício de tudo o que estava acontecendo no país. Queria que Sebastián a deixasse entrar no apartamento de sua mãe, que a deixasse entrar e examinar, esquadrinhar, vasculhar suas coisas, procurando talvez alguma pista, algum indício. Queria também que ele a deixasse filmar. Queria ir com sua câmera e gravar todos os detalhes possíveis.

– Estou fazendo um documentário sobre elas – ela disse.

Uma semana depois, aconteceu o seguinte: Elisa estava de pé, com a câmera na mão, filmando no apartamento. Sebastián estava sentado num canto da cama, olhando para ela. Conversavam sobre algo aparentemente inconsequente: qual era a cor favorita de sua mãe?, por exemplo.

Durante dois dias, Elisa havia se dedicado a fazer um registro visual do lugar, de todos os pertences pessoais de sua mãe. Tinham conversado bastante. Sebastián começou a sentir que estava começando a gostar dela. Mas era um desejo interior básico, um impulso que se movia em algum lugar do seu espírito quando de repente olhava os quadris dela. Queria estar em cima dela, dentro dela, mas nada além disso. Não tinha havido uma aproximação mais pessoal entre os dois. Todas as conversas entre eles giravam sempre em torno de sua mãe. Mesmo que eles falassem sobre outra coisa, mais cedo ou mais tarde sempre acabavam em Magaly Jiménez.

Elisa achava que os homens não tinham capacidade alguma para entender a natureza feminina. Não era uma reclamação, nem mesmo um questionamento ou uma crítica. Era só um diagnóstico. Achava que o olhar masculino era geneticamente incapaz de observar e avaliar, em toda a sua complexidade, as mulheres.

– Como é possível que você não saiba qual era a cor favorita da sua mãe? – Elisa abriu o armário espaçoso que ficava na frente da cama. Uma fileira de vestidos de diferentes tipos, calças e blusas, apareceu estendida diante deles.

– E o mais interessante não é isso – continuou Elisa, enquanto focava com sua câmera o conjunto de roupas. – O mais interessante é que você não liga muito. No fundo, acha um pouco bobo; você não entende por que eu pergunto, pra quê, que sentido isso pode ter.

Sebastián ensaiou alguma resposta com pretensões espirituosas, mas fracassou. Depois continuou por alguns instantes em silêncio, não sabia o que dizer. E então, de repente, Elisa enfiou a mão no armário, entre as roupas de sua mãe, e a fricção dos cabides de madeira produziu um som peculiar. Sebastián sentiu que ela estava à beira de um precipício, na beirada de uma escuridão onde apenas blusas e vestidos de cores diferentes dançavam. Sebastián permaneceu de pé e ficou por alguns instantes assim, como se estivesse paralisado, com o olhar cravado no interior do armário. Começou a perceber que por trás daquelas sombras havia uma presença indescritível; uma energia estranha, próxima e distante ao mesmo tempo, palpável, mas não visível. Aproximou-se com movimentos vagarosos. Repetiu o gesto de Elisa, deslizou a mão sobre alguns vestidos. Os cabides voltaram a produzir um ruído especial. Ele pensou que era assim que o tempo crepitava fechado dentro de um armário. Elisa o fitou sem entender muito bem o que estava acontecendo com ele. Voltou a lhe perguntar sobre a cor favorita de sua mãe. Sebastián passou os olhos pelas roupas.

– Não lembro – balbuciou.

Poucas horas depois, já de noite, ele decidiu se deitar novamente na cama da mãe. Assim que suas costas entraram em contato com o lençol, sentiu uma temperatura diferente, como se o pano fino tivesse um ligeiro fluido elétrico. Ficou surpreso, mas não muito. Afofou o travesseiro, procurando a melhor maneira de acomodá-lo à cabeça e sentiu, então, um toque de corrente mais forte. Então toda a cama ficou mais quente. Sebastián não entendia o que estava acontecendo, mas era óbvio que algo estava acontecendo. Não conseguia entender, organizar claramente em sua cabeça, mas podia sentir. Era como se, por trás da paisagem opaca dos objetos, surgisse de repente outra natureza que até aquele momento ele nunca tinha sido capaz de descobrir. Era porventura a sua mãe? Ela estava ali, naquele momento, fazendo-se presente de alguma forma? Toda aparição misteriosa, sobrenatural ou extra-sensorial deve atender precisamente a essa condição: o tempo presente. Isso implica que há uma força inexplicável que de repente começa a atuar no imediato, que irrompe no agora, que só pode ser definida por sua inesperada manifestação no presente.

Mas nada disso estava acontecendo.

Sebastián não sentia nenhuma presença. Permaneceu imóvel, à espera, durante horas. Ouviu como, ao fundo, a cidade ia mudando seus ruídos, até que só se ouviram tiros ou sirenes de policiais e ambulâncias. O silêncio tinha deixado de significar calma. Era apenas uma pausa tensa antes de outro tiro. Ao amanhecer, ele se levantou e caminhou, circulou pelo quarto, sem buscar nada em particular, tentando perceber algo especial. Abriu outra vez o armário. Olhou de novo as fileiras de roupas penduradas, em cima e embaixo. Suas cores brilhando, como manchas de luz no meio da escuridão. E então entendeu tudo. Não estava diante do espírito de sua mãe. Ninguém estava voltando da morte. Não havia fantasma de Magaly Jiménez. Não havia nenhum sinal de vida após a morte naquele quarto. Tudo aquilo era ficção. Os mortos não falam. Não existem, não têm nada a dizer. É o contrário. É preciso saber ouvir o que eles nunca disseram.

Sebastián voltou a se sentar na cama. A única coisa que podia habitar aquele apartamento era o passado: o desconhecido e inquietante passado de sua mãe estava ali, movendo-se, querendo se comunicar.

Tudo estava na penumbra. E o armário continuava aberto.

(Teoria e Prática do Desespero)

Magaly Jiménez começou a fazer terapia quando tinha cinquenta anos. Nunca tinha sentido antes que precisava desesperadamente falar. Falar sobre si mesma, falar sem ter de ser cautelosa, sem se conter. Falar só por falar e falar para pedir ajuda. Às vezes é a mesma coisa. Nunca tinha pensado que precisava desabafar daquele jeito até que numa tarde, em seu consultório, não aguentou mais. Não soube por que aquilo aconteceu exatamente naquele momento, com aquele paciente, mas algo de repente a fez tremer e ela começou a sentir que já era demais, que não dava, que precisava de ajuda. De repente, começou a chorar diante da boca aberta de um homem de trinta anos de idade, com olhos esbugalhados e gravata verde. O homem olhava para ela sem conseguir fechar a boca, com a mandíbula presa por um pequeno artefato de ferro. Não sabia como reagir. Em algum momento, além disso, a dentista, envergonhada, saiu de seu campo de visão e o paciente foi deixado sozinho com o choro, zumbindo no ar, em torno de sua cabeça, como insetos úmidos, dançando perto demais de sua boca aberta. Magaly tinha arrastado sua cadeira giratória para um canto do consultório e ali, apoiando a cabeça no braço direito e apoiando o braço direito numa estante de fórmica, ela continuava chorando, como se se tratasse de algo irremediável, de um ferimento físico, como se ela não tivesse mais capacidade de parar. E foi assim mesmo. Não parou. Não conseguia parar. Nem mesmo quando entrou no elevador e todos olharam surpresos para ela. Nem quando entrou em seu carro, nem quando sentiu que fugia pelas ruas da cidade. Talvez, se estivesse chovendo, teria se sentido melhor. Mas o sol reluzia escandalosamente. Parecia uma gema de ovo brilhante pendurada no azul implacável do céu. O calor a fez sentir que seus olhos na verdade estavam suando. O interior do carro estava uma sauna. Nem mesmo o ar condicionado conseguiu combater com sucesso tanta luz, tanta umidade. Atravessou a cidade rapidamente. Havia cada vez menos trânsito, menos carros, menos gente. Havia cada vez menos dinheiro e menos peças de reposição; cada vez – também – havia menos motivos para sair à rua. Pensou que estava vivendo numa cidade em processo de abandono, que a cada dia eles eram menos e havia menos para compartilhar, que até o horário havia encolhido, que a falta de iluminação pública fazia as noites ficarem cada vez mais longas e vazias. Isso lhe deu ainda mais vontade de chorar. Agarrou-se à direção e afundou o pé no acelerador. Continuou a chorar. E mesmo quando entrou em seu apartamento, quando jogou sua bolsa na mesa da copa, quando foi até o sofá e se deixou cair sobre ele, um gemido se manteve preso em sua garganta, esfarrapando-se. Um gosto ácido embebia sua língua. Betty se aproximou, surpresa, preocupada, perguntou se ela estava bem, se estava acontecendo alguma coisa com ela. Magaly negou com a cabeça, mas não parou de chorar. Betty foi buscar um copo de água na cozinha e, ao retornar, disse que seu marido estava dormindo, que ele tinha passado a tarde calmamente, que só havia tossido um pouco, mas depois tinha voltado a dormir. Ela achou que talvez aquela angústia fosse a causa do choro.

Betty era a mulher que vinha duas vezes por semana para trabalhar na casa, fazia faxina, lavava e passava as roupas. Estava ali há anos. Conhecia a família e o apartamento melhor que ninguém. Ao longo dos anos, tinha visto e vivido a deterioração progressiva da saúde de Roberto, a partida de Sebastián para o exterior, o lento, mas inegável desgaste de Magaly. Era natural que ela estivesse naquele estado. Fazia meses que seu marido entrara num processo clínico sem saída. Era um diabético em fase terminal. Seu destino era uma crise, um coma, uma parada respiratória, um ataque cardíaco. Seu corpo não tinha outras opções. A situação precária nos serviços clínicos e a escassez de remédios faziam com que tudo se tornasse ainda mais complicado. Era mais fácil obter cocaína do que insulina. Manter viva uma pessoa doente era parte de uma nova epopeia cotidiana. Magaly temia que, a qualquer momento, acontecesse algo que ela não pudesse controlar. Qualquer pequeno incidente poderia de repente se transformar numa catástrofe. Às vezes ela acordava com um sobressalto, no meio da madrugada. Ficava imóvel por um tempo, esperava que o som de sirenes da polícia ou de tiros parasse ou se afastasse para poder, então, ouvir o ritmo cansado da respiração do marido.

Bebeu o copo de água de uma só vez e, naquele mesmo instante, percebeu que não podia mais lidar com aquilo sozinha, que precisava de ajuda.

– Não sabia que a minha mãe fazia terapia. Ela nunca me disse nada.

– Talvez ela sentisse vergonha. – Elisa estava terminando de guardar cuidadosamente seu tripé na bolsa. – Ou talvez não queria que você se preocupasse com ela – acrescentou.

Quando ela se agachou ao lado da bolsa, a parte de baixo das suas costas ficou descoberta: a primeira curva das nádegas e a fina linha da calcinha azul produziram uma vertigem fugaz em Sebastián. Elisa voltou a ficar de pé e, ao virar o rosto, identificou imediatamente a assinatura do desejo em seu olhar. Sorriu.

– Por que você está sorrindo?

– Por nada – respondeu ela, ampliando ainda mais o sorriso.

E pegou a bolsa e a pendurou no ombro e disse já estou indo, mas com cara de que não ia. Seu rosto de repente parecia outro, arrebatado por um ânimo diferente, mais sábio, mas também mais animal, mais malicioso e mais feroz. Sebastián ficou de pé e, guiados por um duelo de olhares, eles começaram a se aproximar cada vez mais. Deixaram-se levar, como se os corpos se guiassem por si próprios, como se os olhos soubessem o que estavam fazendo, aonde queriam chegar. Passaram o resto da tarde trepando na cama de sua mãe. Sebastián ficou surpreso com a experiência e a liberdade que

Elisa tinha na cama. Por alguns momentos, inclusive, era ela quem tinha a iniciativa e orientava as mudanças de posição e de ritmo. Beijou-o, lambeu-o e o tocou em alguns lugares e de um jeito como nenhuma outra mulher jamais tinha tocado. Agia com uma espontaneidade e um prazer até então desconhecidos para Sebastián. Quando por fim eles ficaram em repouso, deitados e exaustos, ele ofegou ruidosamente, com admiração.

– Caralho! – exclamou. – Que maravilha!

Não tinha outras palavras. Não encontrou outras. Parecia uma criança iluminada.

Ela sorriu, virou-se e ficou olhando para ele. Acariciou seu cabelo. Sebastián esperava um comentário mais ou menos recíproco. Era uma fórmula tácita de cortesia pós-coito. Mas Elisa permaneceu em silêncio. Ele esperou por vários segundos e então já não conseguiu aguentar.

– Você não vai dizer nada?

Elisa quase soltou uma gargalhada, disse que tinha sido muito bom, mas sem mais adjetivos, e depois voltou a virar o corpo todo até ficar de barriga para cima. Sebastián estendeu a mão e pegou a mão dela. Apertou-a com delicadeza. Ficaram alguns instantes sem falar.

– Você tem namorada ou está saindo com alguém?

– Não – respondeu Sebastián, desdobrando meio sorriso.

– Eu sim – disse Elisa, sem drama, sem esperar reações.

Sebastián, perplexo, ergueu metade do corpo, cruzou o braço e apoiou a cabeça na mão. Não conseguiu deixar de olhar para ela de modo inquisitivo.

– Meu namorado sabe – ela esclareceu, diante da perplexidade evidente de Sebastián.

– Sabe do quê?

– Fizemos um acordo. Ele sabe que eu gosto de você. Eu lhe contei no dia em que conheci você – disse Elisa com naturalidade enquanto se levantava. – Vou ao banheiro por um segundo.

Sebastián a seguiu com o olhar até que ela parou na soleira da porta, como se de repente se lembrasse de algo. Virou-se, voltou a sorrir.

– E eu vou contar sobre isso também, é claro – acrescentou. Hesitou por um segundo e, antes de entrar, voltou a sorrir e esclareceu. – Nós não temos preconceito quanto a isso.

Elisa não gostava de falar sobre poliamor. Achava o termo um pouco piegas, quase formal, sentimentalmente correto. Além disso, sentia que não era suficiente para definir com precisão o pacto que ela tinha com o namorado. O amor não era o ponto. Não se tratava de partilhar ou democratizar afetos. Na verdade, o acordo mútuo tinha a ver com sexo.

– Algumas pessoas falam em multifluido, mas eu não gosto muito desse termo também.

Mas, de uma forma ou de outra, era uma palavra que claramente deixava de fora a questão afetiva, a dinâmica sentimental. Aquilo se aproximava mais do que Elisa e seu namorado entendiam como o exercício pleno da sexualidade e da liberdade como casal. Estavam juntos há um ano e meio. Não moravam juntos, embora às vezes ela ficasse para dormir no apartamento dele. Obviamente, eles estavam apaixonados, mas aquele relacionamento não tinha a restrição da exclusividade. Ambos podiam ter encontros sexuais, de vários tipos, com outras pessoas. Inclusive, em mais de uma ocasião, tinham incorporado um daqueles outros casais ocasionais numa relação sexual com os dois.

– Vocês fazem *ménage*? – Sebastián fez o impossível para soar natural, como se tudo aquilo lhe parecesse de uma normalidade quase maçante.

– Nós não chamamos assim. Essa linguagem não serve mais, faz parte de uma fase anterior – explicou Elisa, enquanto acabava de se vestir.

Sebastián assentiu, sempre tentando fingir que a conversa lhe parecia completamente corriqueira. Não se atreveu a perguntar sobre eles dois, sobre o futuro imediato, sobre qualquer coisa que pudesse significar algo além daquele momento na cama de sua mãe.

– Você já vai embora? – foi a única coisa que conseguiu articular quando a viu vestida, com a bolsa no ombro.

Elisa sorriu e disse a gente se vê amanhã, ou algo parecido, uma frase cômoda, utilitária, que não escondia nada de especial. Parecia feliz, despreocupada. Despediu-se dele com um beijo na bochecha.

No fundo, Sebastián não sabia muito sobre ela. Pelo que ela mesma havia dito, Elisa estudava na universidade, na Faculdade de Artes, especialização em audiovisual. Só lhe faltava o TCC, e seu plano inicial era que fosse um filme. Estava trabalhando há um bom tempo, quase desde o sétimo semestre, num roteiro baseado num conto de Raymond Carver que um amigo que estudava na Faculdade de Letras tinha lido para ela uma vez de madrugada. Mas seu orientador a questionou, perguntou por que ela escolhera uma narrativa estrangeira tendo ao seu redor tantas histórias possíveis para contar. Seu orientador lhe falou sobre o país, sobre a crise, sobre a violência, sobre os estudantes que estavam presos, será que nada daquilo a interpelava ou a motivava? Será que nada daquilo merecia ser contado? Mas Elisa não se interessava por política. Não ia às passeatas, não estava a par das notícias, não participava das discussões. Eu quero fugir, ela dizia muitas vezes, meio brincando, meio a sério. Não estou interessada na realidade, repetia, sempre naquele tom incerto que lhe permitia sobreviver à permanente tensão cotidiana. Seu orientador considerava que aquela ambiguidade, aquele tom meio brincando, meio a sério, era um fracasso da universidade. Se você quer fazer um filme, ele disse, sobre um homem e uma mulher que ouvem um telefone tocar de madrugada e só querem conversar sobre si mesmos, sobre seu relacionamento, então nós falhamos, nós não soubemos – acrescentou – lhe ensinar a angústia vital da arte, a sensibilidade que todo criador deve ter diante das tragédias da sua época.

Elisa tentou escrever uma história subversiva. Tentou várias vezes e de várias formas diferentes: nunca ficou como ela queria. Nem mesmo quando ela se aferrou a um caso real e tentou pensar num curta-metragem baseado numa mulher que havia sido presa por escrever uma mensagem contra o

Alto Comando numa rede social. A mulher estava encarcerada há meses num presídio de segurança máxima. Elisa se reuniu com a família, entrevistou alguns amigos da mulher, investigou tudo sobre o caso. Mas ainda assim não conseguiu, algo estava errado. E o orientador percebia. Forçar o entusiasmo criativo era um exercício inútil. Os resultados eram precários, estavam contaminados pela obrigação, e não pela loucura da imaginação. Elisa não estava interessada em nenhuma epopeia frente ao poder. Nada daquilo a movia por dentro. O orientador marcou um encontro com ela numa terça-feira na faculdade. Elisa intuiu que ficaria sem sua orientação, que, amavelmente e com alguma desculpa inventada, ele lhe diria que ela tinha de renunciar, que precisava encontrar outro orientador. Naquela noite, ela sonhou com um cervo que saltava sobre uma mesa de bilhar.

De manhã, não conseguiu pegar o metrô. Estava fechado. Um funcionário explicou que uma mulher tinha se jogado na linha férrea. É uma merda, disse o homem. É a segunda em três meses. Elisa não deixou o orientador falar. Chegou dizendo que já tinha um tema, que havia refletido bem sobre aquilo, que agora sim, que só precisava de uma chance, que já havia encontrado algo, que tinha certeza, que havia sim uma questão real que a tocava bem profundamente: as mulheres suicidas.

Magaly não quis que seu terapeuta fosse um homem. Um amigo tinha recomendado Tomás Arriaga, mas ela disse que não.

– Quero que seja uma mulher.

– Mas por quê?

Magaly não sabia bem, não tinha grandes argumentos para apresentar. Só uma intuição.

– Vou me sentir mais à vontade se for uma mulher.

No fim das contas, estava sentada, numa quinta-feira às seis da tarde, diante de Alejandra Matos. Era uma mulher da sua idade. Aquilo também lhe agradou. Seu rosto era inescrutável e ela tinha um corpo muito magro. Não usava batom. Nem pulseira ou anel. Em seu consultório havia duas poltronas e um sofá. Alejandra lhe disse que, se ela quisesse, podia se deitar no divã. Magaly preferiu ficar sentada. E falou. Contou-lhe todo o processo da doença do marido, a viagem de Sebastián ao exterior, a tensão contida, o medo de que a cada dia e a cada noite o pior pudesse acontecer, os nervos e o desespero, as filas, os protestos, os grupos armados nas ruas... Falou da sua vontade de chorar, a toda hora, o tempo todo. Contou também sobre o caso específico que a levou até lá, aquele paciente de gravata verde diante do qual de repente não conseguiu mais conter o choro. Alejandra a ouviu e olhou com atenção, de vez em quando anotava algumas palavras em seu caderninho, foram sempre poucas palavras, Magaly calculou olhando de soslaio o movimento da mão. Quando ela fez uma pausa, Alejandra perguntou por que havia estudado odontologia, de onde ela achava que vinha aquela vocação.

Depois de várias semanas falando sobre sua infância, sua adolescência, o namorado que ela teve na faculdade antes de conhecer Roberto, seu casamento com Roberto, Roberto e o diabetes... Magaly disse que precisava de algo mais prático.

Já se sentia um pouco mais confiante, quis ser honesta e direta. Foi no final de uma sessão, pouco antes de pagar. Magaly esclareceu que entendia o processo, já tinham lhe avisado que seria assim, ela sabia que não havia soluções mágicas, que era necessário escavar em sua experiência para chegar às verdadeiras profundezas da sua vida, mas que, enquanto sua vida diária continuava piorando, era cada vez mais difícil ir ao seu consultório e atender os pacientes, era cada vez mais difícil estar com o marido em seu apartamento, era cada vez mais difícil estar viva.

– Não sei se estou sendo clara: preciso de ajuda concreta.

Alejandra sorriu, embora olhasse para ela com uma pitada de resignação.

– Algo que me ajude a me sentir melhor – insistiu.

– Não vou lhe receitar comprimidos, Magaly.

– Tudo bem. Já conversamos sobre isso. Mas não tem outra coisa? Estou desesperada. Preciso de uma pequena dose de comportamentalismo. Você não pode me ensinar um truque, me dar um conselho, qualquer coisa?

A terapeuta permaneceu em silêncio por alguns segundos.

– A leitura – ela disse por fim. – Por que você não entra num clube de leitura?

(Vestidos e Saias)

Sebastián se surpreendia com o fato de Betty ainda o chamar de senhor. Quantos anos ela teria? Talvez quarenta. Era morena, magra, tinha músculos firmes, um sorriso astuto e o olhar brilhante. Eles se conheciam há tantos anos, e mesmo assim, Sebastián ainda era um "senhor" para ela. Quando ela começou a trabalhar no apartamento, ele era um adolescente tímido e desajeitado. Mais de uma vez ele se escondeu no quarto de despejo para poder espiá-la. Ficava escondido atrás de uma cortina de plástico, perto de uns canos e da mesa de passar roupa. Agachado, esperava que Betty chegasse e a via trocar de roupa. Aqueles breves segundos, a fugacidade daquela visão fragmentada daquela mulher de calcinha e sutiã, provocavam-lhe um fascínio magnífico, uma excitação especial. Ainda não sabia muito bem o que era trepar, como seria, como se fazia, mas a visão de Betty seminua era uma prévia deliciosa. O desejo – sua natureza, seu poder – atingia sua melhor forma naquele instante, na possibilidade de vê-la e não saber o que fazer; na maravilha brutal de ficar paralisado diante dela. Aquela foi sua primeira ideia de êxtase.

Numa tarde, ele tentou ir mais longe. Não havia ninguém em casa. Os pais estavam trabalhando. Esperou pela hora de saída de Betty e fantasiou uma cena de filme pornô. A cena indicava que ele estava tomando banho e que, já debaixo do chuveiro, de repente descobria que não tinha sabonete, e que então, nu e molhado, apenas com uma toalha amarrada na cintura, ele entrava de supetão no quarto de despejo, exatamente no momento em que Betty tinha deixado sua roupa de trabalho numa prateleira e estava prestes a vestir as calças e a blusa para sair à rua. Ele seguiu o roteiro rigorosamente e, quando se viu diante dela, fingiu surpresa da melhor maneira possível, balbuciou atropeladamente sua fala, explicando um pouco a situação, e então, sem maiores formalidades, colocou a mão direita na nádega esquerda da empregada. Betty passou da surpresa ao rechaço com uma naturalidade imbatível. Sorriu, retirou a mão de Sebastián do seu corpo, pegou uma nova barra de sabonete da prateleira e a entregou para ele. Só naquele instante, naquela única vez, ela o chamou de você. Você não deve fazer essas molecagens, rapazinho, ela disse. Sebastián sentiu-se ridículo, ficou com vergonha de estar tão nu na frente dela. Saiu dali apressado e cabisbaixo. Betty nunca mencionou o incidente. Nunca, também, voltou a chamá-lo de você. Nem mesmo quando chorou, quando conversaram sobre a morte de Magaly. Nem mesmo na frente de Elisa e de sua câmera, quando ele lhe pediu para se sentar e contar com toda confiança o que ela lembrava de sua mãe.

Assim falou Betty: ela se matou de pura tristeza, eu é que sei. Ela fez tudo o que podia, mas não podia lidar com aquilo; é assim mesmo, porque às vezes a gente luta e quer e diz e teima, mas a tristeza também, o senhor sabe, a tristeza se agarra e não quer e teima, só a tristeza que às vezes não sai de jeito nenhum. Fica dentro da gente e vai se espalhando por todo o corpo até que a gente vira aquilo, só aquilo e mais nada, pura tristeza. Foi assim que aconteceu com ela. Nunca superou aquilo do patrão, nunca conseguiu superar aquilo, e vivia encharcada naquela dor, chupando a dor, vivendo com a dor, o tempo todo. Eu lembro que uma manhã, quando cheguei, encontrei ela sentada aí, no sofá. Era cedinho e ela não tinha dormido, dava pra ver, estava na cara mesmo. Ela estava pelada, sem nada no corpo, e parecia passada, como se estivesse em outro lugar, com o olhar meio perdido, sabe? Eu acho que ela nem chegou a me ouvir, ou, se me ouviu, nem percebeu que eu estava chegando. Vai saber quanto tempo ela passou ali sentada, com a mente em outro lugar, vai saber onde, mas em outro lugar, com certeza. Não sei há quantas horas ela estava daquele jeito, mas estava na cara que ela tinha passado a noite ali, que não tinha ido pra cama, claro, que não tinha dormido. Tinha um prato ao lado dela, aí, também sentado no sofá, um prato vazio e um copo. Eu me assustei, na hora me lembrei de uma história de uma tia minha, a tia Carmen, ela sempre contava umas histórias estranhas ou de pessoas estranhas, coisas que de acordo com ela aconteciam ou tinham acontecido lá na vila, no bairro onde a gente vive. A tia Carmen sempre dizia que a gente não pode encostar em pessoa ensombrada, o senhor sabe, ensombrada é quando a pessoa de repente fica meio que em transe, pingando de sono, ou de repente fica paralisada, com o olho aberto, muito aberto, como se tivesse uma eletricidade estranha dentro. É perigoso encostar nas pessoas ensombradas, minha tia dizia, e ela contava a história de uma tal Tibisay, que numa noite saiu gritando de casa e começou a correr feito louca, e ninguém entendia nada, ninguém entendia o que ela falava, ninguém sabia o que tinha acontecido. Os homens entraram na casa dela, revistaram tudo, tudinho mesmo, até debaixo da terra, sabe? E nada, nadica de nada, ninguém nunca ficou sabendo o que aconteceu naquela noite, o que a Tibisay viu ou ouviu. Mas daquela noite em diante ela ficou ensombrada, nunca mais foi a mesma. Ficou com aquela corrente por dentro. E ela olhava pra todos os lados, como se estivesse cheia de faíscas, como se tivesse uns relâmpagos amarrados embaixo da pele. E às vezes ela até falava sozinha, mas falava de verdade, não ficava só dizendo coisas; falava, falava com ela mesma como se estivesse conversando com outra pessoa, sabe? Uma vez encostaram nela. Ela estava andando por uma rua e um primo dela chamou e ela não respondeu e o primo, então, foi agarrar ela pelo braço: caralho, mexeu em vespeiro. Aquela mulher virou um bicho, um demônio, uma coisa assustadora; minha tia dizia que os olhos dela ficaram vermelhos, que ela até espumava pela boca, que saía água quente do ouvido dela, que de repente ela tirou uma força espetacular ninguém sabe de onde, e deu uma tremenda rasteira no primo, ergueu ele no ar, e aí jogou ele no chão e depois continuou andando, como se nada tivesse acontecido. Daquele dia em diante, ninguém nunca mais mexeu com a Tibisay. Ninguém encostou mais nela. Mudavam de lado na rua quando ela vinha caminhando e falando sozinha, sabe? Lembrei dessa história, como eu estava dizendo, e disse pra mim mesma: não, não, não, eu não vou chegar perto da patroa, não vou nem encostar nela, é capaz de ela estar ensombrada. E foi por isso que eu fiquei ali parada, quase na porta, e comecei a falar com ela, mas baixinho, quase que sussurrando, com cuidado. Dona Magaly, eu disse. Bom dia, dona Magaly, eu disse. Dona Magaly, é a Betty. Dona Magaly? Não. Ela não falava nada. Pior ainda: nem virou o rosto pra mim. E então eu fui pra cozinha, comecei a preparar o café, eu estava nervosa, não sabia o que fazer, e nisso eu ouvi um barulho aqui na sala, não que tivesse caído alguma coisa, não, era um barulho de alguma coisa se mexendo, e eu vim até aqui, aí mesmo eu parei e vi que a sua mãe tinha levantado e estava indo pro quarto dela. Ela fechou a porta e dormiu por algumas horas, e ao meio-dia, quando acordou, estava completamente normal e me cumprimentou como se nada tivesse acontecido, como se não tivesse me visto antes: Oi, Betty, ela disse, e então?, como vão as coisas?, e perguntou sobre os meus filhos e me pediu café e perguntou se eu tinha comido, porque ela estava morrendo de fome, assim mesmo, desse jeitinho ela me disse, e sobre o resto: nem um pio! Essa foi a primeira vez que eu me preocupei, foi aí a primeira vez que comecei a pensar que a tristeza estava entrando na mente da sua mãe, que a sua mãe podia acabar mal.

Apesar daquela experiência, no entanto, Betty nunca imaginou que o desenlace seria o suicídio. Embora sua memória sentimental estivesse cheia de histórias difíceis ou estampas melancólicas, nenhuma chegava a estabelecer uma relação mais ou menos causal com o naufrágio dentro da banheira. Não se lembrava de nenhum indício, de nenhuma menção àquela possibilidade. Betty acreditava que a tristeza poderia levar Magaly à loucura, mas não à morte. E talvez fosse mais agradável encontrar um motivo mais ardente e descontrolado, deduzir que um delírio era o motivo por que Magaly Jiménez tinha tirado sua própria vida. Mas as evidências não ajudavam. Sebastián descobriu que, pelo contrário, sua mãe havia deixado tudo numa ordem irritante. Numa pasta no escritório estava o seu testamento perfeitamente atualizado, junto com os documentos de todas as propriedades, os números das contas bancárias, os dados financeiros. Não faltava nada. Não havia nenhuma pendência. Era óbvio que sua mãe não tinha improvisado a sua morte.

Elisa perguntou sobre o relacionamento com Roberto. Você já os ouviu discutirem? Como era a relação entre eles? Brigavam? Betty olhou para Sebastián antes de responder, como se esperasse que ele a autorizasse a falar. Depois, mais hesitante, disse apenas que às vezes eles discutiam, que com o tratamento médico o senhor Roberto ficava de mau humor, que gritava e que às vezes dizia coisas horríveis. Mas que tanto a dona Magaly quanto ele sabiam que não era nada pessoal, que era culpa dos remédios.

– E o clube de leitura? – Sebastián perguntou.

Betty não conseguiu conter o riso.

– Acho que essa era a única coisa que divertia a dona Magaly! Aquelas mulheres eram todas loucas! Num dia em que elas se reuniram aqui, eu estava vindo da cozinha e de repente vi todas elas sem camisa, isso mesmo, todas com os peitos de fora, o senhor pode acreditar?

Elisa e Sebastián ficaram conversando até tarde. Ele mostrou para ela as três mensagens que sua mãe havia escrito antes de morrer. Colocaram as três folhas sobre a mesa de jantar e leram as duas primeiras com atenção, depois tentaram decifrar a terceira. Continuava sendo uma tarefa impossível. Elisa disse que, ao menos para o documentário, eles precisavam de mais do que o testemunho da senhora que trabalhava em sua casa e via sua mãe duas vezes por semana. Aquilo era muito pouco. O que acontecia nos outros dias? Por onde Magaly andava? O que ela fazia? Quem ela encontrava? A sua mãe morava sozinha, ela lhe disse. Ficava sozinha aqui, quase o tempo todo. Assim é muito difícil. Não temos nenhuma informação sobre ela. Sebastián então lhe contou sobre a sensação que experimentava desde que havia retornado àquele apartamento, a certeza impalpável de que o passado de sua mãe ainda estava naquele lugar. Elisa o ouviu sem interromper, sem fazer nenhum comentário. Você acha estúpido?, ele perguntou por fim. Ou acha que é muito esotérico? Ou muito delirante?

Elisa então lhe contou a seguinte história: há três anos fui para o México. Eu queria fugir, como todo o mundo; queria sair desta merda, estava desesperada, sentia que precisava sair, que sair daqui era como respirar, você entende o que quero dizer? Sentia que estava num poço, que estava me afogando, que se não saísse daqui eu morreria. Achei pela internet uma oficina de fotografia de um mês e meio que estavam dando em Oaxaca. Escrevi para os organizadores, enviei um portfólio com minhas fotos, não pense que era algo importante, só umas fotos que eu tirei uma tarde numa manifestação, sabe, fotos de pessoas correndo, jovens jogando pedras e depois correndo, policiais e soldados atirando, enviei várias fotos assim, e disse a eles que eu não tinha dinheiro; perguntei se eles davam bolsas de estudo, se podiam me ajudar. Demoraram cerca de uma semana para responder e, enquanto isso, eu roí até as unhas dos pés. Mas no final disseram que sim, eles pagaram a minha passagem e a estadia daquele mês e meio que durou a oficina. Meu plano, obviamente, era ficar mais tempo, ficar para sempre, se possível. Eu tinha um amigo de escola que estava morando em Guadalajara e uma amiga, não tão amiga, mais uma colega da universidade, que tinha ido morar na Cidade do México. Escrevi para os dois, contei o meu plano, perguntei-lhes o que me recomendavam, se podiam me ajudar de alguma forma, etc. Edwin me respondeu uns dez dias depois, disse que era muito complicado, que dividia um apartamento com alguns amigos, todos homens, que não tinham documentos e que, por isso, era muito difícil conseguir trabalho, que os rapazes ficavam em casa todos os dias sem fazer nada, reclamando, que não era um bom esquema para mim, que… Em suma: ele não podia me ajudar de forma alguma. Mas se eu passasse por Guadalajara, a gente podia se ver, sair, talvez tomar umas cervejas e conversar um pouco. A amiga não tão amiga, ou melhor, ex-colega de estudos, nunca me respondeu. De qualquer forma, quando fui para Oaxaca eu levei tudo, ou quase tudo, o máximo possível; parti como quem vai embora para sempre, como quem não vai mais voltar, não sei explicar direito.

A experiência lá foi incrível, você conhece o México? Só Tijuana? Não, até lá eu não fui. Mas Oaxaca é mesmo incrível. E a oficina foi melhor ainda, acho que foi a melhor experiência da minha vida. Tinha gente de todo o mundo. Muitos do México, é claro, mas também tinha pessoas de outros países, até um cara da França e uma menina da Finlândia, já imaginou? Finlândia! Nunca pensei que alguma vez na minha vida ia conhecer alguém da Finlândia. Me diverti muito. Aprendi pra caramba. Eu não queria ir embora, não queria que acabasse; queria que o resto da minha vida fosse sempre assim: uma oficina em Oaxaca. Éramos um grupo de doze, muito rápido nos tornamos amigos. Passávamos todo o tempo juntos, nas aulas, nos exercícios, eles nos levavam para todo lado, quase sempre comíamos juntos, dormíamos todos na mesma casa, à noite bebíamos mescal, fumávamos maconha, conversávamos, às vezes também íamos num bar para dançar. Juro a você que numa noite, eu me lembro direitinho, quando fui dormir, fechei os olhos com força e pedi a Deus para parar o tempo, para aquilo não acabar nunca. Se você existe, caralho, eu disse para ele, não me deixe voltar ao meu país.

Agora você já sabe por que eu ainda sou ateia.

No final da oficina, precisávamos apresentar um trabalho. Cada um tinha que escolher um tema, compor uma exposição, com unidade e tudo o mais, fazer as fotos, etc. Eu escolhi os muxes. Já ouviu falar deles? É um negócio muito estranho, superinteressante. São como travestis, mas pré-hispânicos, que vêm da antiguidade, e sem nenhuma encanação. Olha, os índios zapotecas, lá em Oaxaca, eram tão pirados que, muito antes dos espanhóis chegarem, tinham um terceiro gênero. É toda uma cultura milenar. Eles não fazem drama porque tem homens que são efeminados ou que querem se vestir de mulher. Eles não têm a mesma baboseira dos gays, sabe? Primeiro eu tive que estudar, li bastante sobre o tema, e depois fui conhecer essas comunidades, tirar fotos delas. Descobri que tem uma coisa importante com a autoestima. Os caras não se sentem tão rejeitados, tão discriminados. São aceitos na família, na escola, em todos os lugares. Não tem armário lá, então. Ninguém nunca precisa sair do armário.

Não, também não é assim. Nem tudo é um paraíso. As mulheres não podem fazer nada. Isso é só para os homens. E os muxes, transformando-se em mulheres ou querendo ser mulheres, também sofrem essas consequências. Também têm conflitos, problemas. O machismo não desapareceu. Não são suecos, são zapotecas.

Trabalhei com um que nasceu como Jorge, mas depois se tornou Estefanía. Era um homem bonito, suas feições, a cor da sua pele, tinha os lábios finos, eu adorei, gostei dele desde a primeira vez que o vi. Tinha uma saia que ele mesmo tinha feito. Ou melhor: tinha uma saia que ela mesma tinha feito. Era de tecido cru e tinha uns detalhes costurados em verde, umas linhas desfiadas em verde-esmeralda, era muito bonita. Ela queria ter um ateliê de costura, era o sonho dela. Naquela época, ela tinha vinte e sete anos e estava solteira, não tinha parceiro. Ela me disse que tinha sofrido muito com um homem de uma cidade vizinha que havia prometido deixar a esposa e os filhos, mas nunca teve coragem de cumprir a promessa. Passamos cerca de quatro dias juntos e nos tornamos muito próximos. Você sabe, quando de repente você sente que sempre conheceu uma pessoa, embora tenha acabado de conhecê-la, você sente que sempre a conheceu, não sei explicar direito, isso nunca aconteceu com você? Acontece poucas vezes na vida, mas acontece. E aconteceu comigo em relação a ele.

A ela.

É difícil porque, no fundo, nunca consegui deixar de vê-lo como um homem. Porque, ainda que ele fosse mulher, eu gostava dele como homem. E nós conversamos sobre aquilo e tudo o mais. Numa das sessões de fotos, quando estávamos no quarto dele, pedi para ele se despir. Ele não quis. Ficou com vergonha. Quando insisti, ele recusou categoricamente. E então eu entendi por quê. Porque aquilo quebrava toda a magia em relação a mim. Ele só podia ser mulher quando estava vestida. Sem as roupas, era um homem. Estava nu. Não nua, entende?

Um dia vou trazer as fotos para você ver. Ela adorava posar. Tem uma em que ela está com essa saia com detalhes verdes e sem camisa, o peito só está meio coberto com uma manta preta. Tiramos essa no quintal da casa dela, ao entardecer.

O céu de Oaxaca é espetacular, é como se tivesse uma planície azul lá em cima, pendendo do teto do universo. A foto ficou ótima. Na última noite que passei lá, fiquei para dormir na casa dela. Eu estava nervosa. Acho que queria ter alguma coisa com ela. Estava excitada. Bebemos mescal e acabamos nos beijando. Em certo momento eu tentei colocar a mão nele, agarrá-lo, mas ele não quis, me fez parar. Ela não me tocou, nem tentou. Você percebe como eu estou falando? Às vezes eu digo ele, às vezes eu digo ela. Mas trocamos uns beijos muito gostosos. Foi muito bom. Ao nascer do dia, antes de adormecermos, ela foi até o armário e me trouxe a saia, aquela saia de que lhe falei, a que tinha detalhes verde esmeralda. Ela me deu de presente. Disse que queria que eu a levasse, que era minha. Na hora, os meus olhos se encheram de água, fiquei toda emocionada, não sabia o que dizer. Ficamos na cama por um tempo, meio abraçados. E ela então me contou sobre a avó, me disse que sua avó era uma índia zapoteca, que morava em Santa María de Temaxcalapa, olha como é difícil e eu nunca esqueci esse nome, ficou grudado na minha memória, assim mesmo, de uma vez por todas, com todas as letras. Quando ele era criança, às vezes o mandavam para aquela comunidade, para passar um tempo com a avó. Ele me disse que ficava nas serras do norte do estado, eu não tinha ideia de onde era isso. Mas não tem importância. O importante é que a avó lhe ensinou muitas coisas, foi essencial na vida dele. Ela lhe dizia que a memória está nas roupas. Que os vestidos falam, que as saias têm voz. Por isso ele estava me dando aquela saia. Para que eu nunca o esquecesse.

Para que eu pudesse me lembrar da vida dele e sempre ouvi-lo, você não acha bonito?

Não tenho mais ela. Essa é a parte triste da história. Tristíssima. Claro que eu não perdi, como é que você pôde pensar isso? O que aconteceu com aquela saia depois foi uma merda. Quando você entra no México como turista, o oficial de imigração carimba seu passaporte e lhe dá um pedaço de papel e diz para você não o perder, porque eles vão pedi-lo quando você for deixar o país. Bom. Não sei onde o deixei, onde o coloquei, o que aconteceu com aquele maldito papel. No fim das contas, eu cheguei no aeroporto direto de Oaxaca, triste porque não queria ir embora, mal porque não queria voltar para o meu país, mas tudo bem, já estava resignada. Tentei ficar, mas foi impossível. Não tinha como, não tinha com quem, meu dinheiro havia acabado. Então eu despachei duas malas e fui direto para a sala de embarque com minha mochila, minha câmera e a saia de Estefanía num cabide, como se fosse um terno de grife, um vestido de marca. Entrei na fila, cheguei no setor de imigração e ali o funcionário vai e me pede o papel. Eu nem me lembrava. Que papel?, eu perguntei. E ele disse: o formulário de saída, senhorita. E eu disse: que formulário? E ele: o que lhe deram quando a senhorita entrou no país. E eu então me lembrei e disse caramba!, e comecei a procurá-lo. Eu achava que não era tão grave assim. Mas era. Não o encontrei, e o funcionário me disse que sem o papel eu não podia sair. Mas que eu também não podia ir a nenhum outro lugar. Que tudo o que eu podia fazer era ir até não sei qual repartição e pagar uma multa de não sei quantos pesos, e voltar com aquele novo formulário para ele carimbar o meu passaporte e me deixar entrar na sala de embarque. Não sei se estou explicando direito. Está bem. Bom, primeiro eu fiquei chateada, tentei reclamar, mas depois quase comecei a tremer. Fiquei com medo, sentia-me péssima. Eu não tinha nada. Nem um tostão furado. Nadica de nada. Já tinha gastado tudo, todo o limite dos cartões, todo o dinheiro, tudo. Como tudo o que me restava era subir no avião, bom, não tinha guardado nem uma cédula. Para quê? Entende?

Eu não sabia o que fazer. Olhava para um relógio grandão que estava pendurado no teto. Olhava os minutos passarem e pensava que o avião ia sair e que eu ia ficar naquele aeroporto, sem malas, sem dinheiro, sem papéis, sem nada. Foi quando eu descobri a merda que é ser pobre, a merda que é ter de pedir dinheiro aos outros. Eu parei num canto, com a minha mochila, com a minha câmera e com a minha saia no cabide de viagem. E comecei a ver as pessoas passarem. E comecei a pensar: A quem eu posso causar melhor impressão? A quem é melhor pedir dinheiro? A um homem ou a uma mulher? Quem, de todos esses que estão passando, pode acreditar em mim, pode se comover e me dar alguma coisa? Quem realmente está disposto a me dar alguma coisa? Você já se viu numa situação como essa? Pense nisso por um segundo, imagine a situação, você está lá e não tem outra opção, você tem que pedir dinheiro a alguém. É muito difícil, muito estranho, nem sei o que é. É como ser um mendigo por um tempo. Parece fácil, mas eu não sabia como fazer aquilo, como pedir. Achei que ia morrer de vergonha, que as palavras não iam sair da minha boca.

Tentei com um casal um pouco mais velho, pareciam professores universitários, mas os dois, sem dizer nada, olharam para o outro lado e começaram a andar mais rápido. Um rapaz que viajava com uma guitarra me disse que sentia muito, mas que ele também não tinha dinheiro. E o relógio grandalhão continuava ali, mostrando os minutos. Juro que não é fácil. A gente tende a pensar que as pessoas são boas, mas isso não tem por que ser verdade. Sabe quem me ajudou? Outro funcionário do aeroporto. Um que trabalhava lá. Mas não foi de graça. Nada é de graça nesta merda de mundo. Ele me propôs um negócio. Ele me daria os pesos, mas eu, em troca, teria que lhe dar a saia de Estefanía. Eu queria morrer. Disse que não. E ele disse que tudo bem, que então não me daria o dinheiro. Eu contei toda a história, falei sobre Oaxaca, sobre Jorge, sobre a vida e a morte, disse-lhe que por favor não me pedisse aquilo, que me pedisse qualquer outra coisa, o que fosse, que eu estava disposta a fazer qualquer coisa. Qualquer coisa, entende o que eu quero dizer? Mas o sujeito só queria a saia. Ele gostou dela. Encasquetou com aquilo. E eu continuava vendo os minutos passarem. Estava cada vez mais nervosa. Tentei pedir para outras pessoas, e nada. Me sentia tão impotente, queria morrer. Até que mandei tudo à merda. Não podia fazer mais nada. Não sabia o que poderia acontecer se eu perdesse o avião e não tinha outra escolha, você entende?

Fiquei com o assento 17 B. Lembro perfeitamente. Passei as cinco horas do voo com uma dor aqui. Minha boca tinha um gosto ruim. Como se tivesse mofo na minha boca. Viajei abraçada à minha mochila. Pensando em Oaxaca, em Jorge e na avó dele, na saia e no verde-esmeralda. Chorando como uma cadela vadia.

Sebastián e Elisa abriram o armário. Lá estavam eles, alinhados e pendurados, todos os vestidos e saias de Magaly Jiménez. Uma memória vertical e flexível. Deram três passos para trás e se sentaram na cama. Como se estivessem sentados no banco de um museu diante de um quadro de grandes dimensões. Ficaram ali. Olhando. Como à espera de que algo acontecesse.

(As Loucas)

A única pista que eles podiam seguir era o clube. Betty lhes forneceu alguns nomes sem sobrenomes e um par de anedotas um pouco desconcertantes, mas nada além disso. Sebastián examinou seu e-mail e verificou com Elisa toda a correspondência que ele trocara com sua mãe. Eram quase três anos de e-mails bastante anódinos, sem grandes confissões; às vezes, sua mãe deixava escapar o cansaço por conta dos sofrimentos do seu pai, mas, em geral, suas mensagens se concentravam em relatar eventos da vida cotidiana e das misérias da cidade. As respostas de Sebastián eram quase sempre iguais: pouca informação somada a fórmulas clássicas de afeto fraterno. Num e-mail escrito em junho, Magaly disse que estava pensando em entrar num clube. Sebastián não se lembrava de nada, mas, na época, sua mãe lhe disse que, graças a Anahí Rosales, uma paciente que ela conhecia há anos, havia entrado em contato com um clube de leitura e estava pensando em participar dele. Pelo menos para experimentar, sua mãe escreveu. Para fazer alguma coisa diferente. Para arejar. Aqueles eram os motivos dela. Sinto que preciso fazer outras coisas, Sebas. Preciso mudar.

Não foi difícil conseguir o endereço. Uma ligação para a secretária do consultório foi suficiente. Anahí Rosales morava no segundo andar de um prédio bem pequeno, de quatro andares e sacadas com grades. A tinta de uma parte grande da parede da fachada estava descascando. Não era mais branca, mas cinza. A cidade estava desmoronando em câmera lenta, pouco a pouco. Em alguns lugares, o verniz ou esmalte estava só começando a cair, mas havia outras áreas onde a situação era mais grave: pontes caídas, rachaduras nas ruas, tubulações quebradas; inclusive em alguns bairros, mais para o sul, toda a iluminação elétrica tinha pifado. A devastação parecia seguir um roteiro. A cidade desmoronava a cada dia com rigorosa pontualidade, como se seguisse um programa do governo. Destruir também requer um método.

A porta da frente estava quebrada. O elevador estava fora de serviço. Permanecia aberto e vazio, como um aquário abandonado, no primeiro andar. Eles o viram quando subiam pelas escadas.

Anahí Rosales estava usando um vestido velho e chinelos de borracha. Já fazia um tempo que não pintava o cabelo, os fios de cabelos brancos começavam a avançar desordenadamente no meio de uma cabeleira que já tinha sido castanha. Não demorou a se mostrar impaciente.

– Acho que a senhora sabe que a minha mãe morreu – disse Sebastián, quando já estavam sentados na pequena sala.

Dentro do apartamento, tudo também parecia ter envelhecido prematuramente. Mesmo os quadros pendurados de qualquer jeito na parede. Sebastián tinha experimentado aquela mesma sensação em outro lugar, na casa de sua tia, no próprio apartamento de sua mãe, em prédios comerciais, até nas ruas, ao ar livre. Era como se a paisagem estivesse cansada.

Antes de chegarem a Teresa, tiveram que escutar muitas outras coisas. Anahí queria falar, tinha questões pendentes demais para uma única conversa, mesmo que fosse para uma conversa com estranhos. Em primeiro lugar, fazia vinte meses que estava desempregada, a empresa para a qual trabalhava tinha ido à falência e fechado, não pagou nem a indenização aos funcionários, foi uma merda. Em segundo lugar, seu marido tinha entrado em crise e a abandonara, ficou meio louco, o filho da puta acabou virando hippie e foi plantar cenoura em não sei qual montanha. Em terceiro lugar, seus dois filhos tinham ido para o exterior, um está no Sul, trabalhando numa peixaria, o outro é motorista de ônibus no Canadá, às vezes me manda cinquenta dólares, graças a isso eu posso viver mal e mal. Em quarto: o prédio. É um desastre, ninguém consegue pagar as taxas de manutenção, já viram como está o elevador? Pois desse jeito está tudo, só tem água uma vez por dia, meia hora à noite, às vezes passamos até seis horas seguidas sem luz. Em quinto...

– Nós não temos muito tempo – Elisa, um pouco desesperada, acabou interrompendo a compilação de calamidades.

– Desculpe.

Sebastián aproveitou aquele impulso e explicou que estava tentando pôr em ordem as coisas da mãe, falou sobre o clube de leitura, falou sobre o e-mail e sobre como sua mãe a mencionara em relação ao assunto. A expressão no rosto de Anahí mudou imediatamente. Também seu corpo, na cadeira, assumiu outra posição.

– Para que vocês querem saber sobre isso? – perguntou, em atitude defensiva.

Sebastián e Elisa se olharam.

– Não entendo, tem algum problema?

– Não – disse a mulher – é só um assunto que não me agrada – ela fez uma pausa e depois os fitou alternadamente. – Nunca fiz parte desse clube. Quem ia lá era a minha irmã. Há algum tempo, sua mãe me disse uma vez que queria entrar em uma dessas coisas, eu a coloquei em contato com Teresa, mas isso foi tudo. Naquela época eu não sabia de nada. Se soubesse, nunca teria recomendado.

Sebastián e Elisa voltaram a se olhar, cada vez mais intrigados.

– Por quê? – um deles perguntou.

Anahí não parecia muito contente em falar sobre Teresa. Ela esclareceu que era a irmã mais nova, que tinham mais de uma década de diferença, que não havia tanto em comum entre as duas, que àquela altura não sabia nada sobre ela. De fato, ela falava como se Teresa não estivesse mais presente, como se só existisse no passado.

– Ela sempre foi uma mulher estranha – disse.

– Estranha como?

– Era muito intensa – repetiu duas vezes. Depois esclareceu: – Desde pequena. Muito impulsiva – insistiu.

Depois baixou a voz, como se dentro de seu próprio apartamento alguém pudesse ouvi-la, e começou a falar como se contasse um segredo. Teresa tinha trinta e cinco anos e era professora na faculdade de arquitetura da universidade. Alguns anos atrás, tinha acompanhado seus alunos numa manifestação e, no meio da confusão, quando tentava defender uma estudante que estava sendo espancada por uns soldados, tinha sido pega.

– Eles a levaram assim! – exclamou, sempre em voz baixa, estalando os dedos. – As imagens apareceram na televisão. Colocaram-na numa moto, puseram-na entre dois soldados e a levaram embora. Todos na família ficamos apavorados.

Teresa não tinha namorado, morava sozinha num pequeno apartamento, era uma mulher tranquila, muito dedicada a seu trabalho acadêmico. Flertava com o vegetarianismo, só comia peixe branco, quando conseguia, ou verdura. Gostava de praticar ioga. Durante dias, não se soube nada dela. Parecia que tinha evaporado. Mas havia as imagens da televisão. Era a única pista dela. Seguiram-na em vão, não conseguiram encontrá-la. Ninguém dava informações concretas. Em todas as agências oficiais que eles visitaram, encontraram respostas evasivas, ambíguas. Depois de falar com diferentes funcionários, parecia que Teresa não estava em lugar nenhum. Todas as pistas sempre terminavam no mesmo silêncio ambíguo, confuso.

– Era como se tivesse sido roubada.

A falta de informação era ainda pior do que uma má notícia.

Uma semana depois, graças a um grupo de advogados voluntários que haviam se organizado para tentar ajudar os presos e suas famílias, eles souberam que Teresa estava sendo investigada pelos serviços de inteligência do Alto Comando, que estava encarcerada numa prisão especial, dentro de um destacamento militar. Ela passou seis meses lá, trancada. Não apresentaram nenhuma acusação contra ela. Só lhes permitiram visitá-la duas vezes.

– Dava pena. Ela estava magra, pálida, suja. Como se não tomasse banho há anos. Dizia que estava bem, mas o corpo dela dizia outra coisa. O corpo dela implorava para que o tirassem de lá.

Graças a um primo que tinha um contato no exército, eles conseguiram pagar um advogado que trabalhava dentro do mesmo sistema. Foi assim que obtiveram para Teresa a liberdade condicional. Deixaram-na sair, mas, desde então, ela ficou sujeita a um regime de monitoramento. Toda semana ela tinha que comparecer diante de um tribunal e assinar um papel. Não só foi proibida de deixar o país, como também não podia dar declarações à imprensa, escrever mensagens nas redes sociais, ter qualquer tipo de presença ou manifestação pública. Disseram-lhe que iam vigiá-la.

– Ela saiu de lá transformada em outra pessoa. Não sei o que aconteceu lá dentro, ela nunca quis nos contar. Mas depois daquela experiência, não voltou a ser a mesma de antes, nunca mais foi a mesma.

Nem sequer voltou à faculdade. Parou de dar aula e passou a trabalhar com consultorias e a desenvolver projetos para estudos particulares. Teresa começou a se tornar um mistério que ninguém conseguia desvendar. Ela passava muito tempo sozinha, trancada no apartamento. Nas poucas reuniões familiares de que participou, chegava e saía cedo, e durante o curto período de tempo que passava com os parentes, sempre parecia estar em outro lugar, permanecia absorta, com um leve sorriso cordial, assentindo de modo quase automático, falando o menos possível. Eles tentaram de todas as maneiras possíveis, mas nunca conseguiram fazê-la desabafar. O que havia acontecido naquela prisão? O que tinham feito com ela? O que ela tinha visto? Teresa evitava o assunto, não respondia. Também nunca quis ir a um psicólogo. Nem concordou em falar com um padre amigo da família. Suas duas melhores amigas também fracassaram. Era como se ela tivesse um imenso bloqueio interno, uma força escura que não lhe permitia interagir com os outros.

– E então apareceu o clube de leitura.

– E como ela chegou a esse clube?

– Vocês conheceram as outras pessoas desse clube?

– Não me pressionem, que eu fico nervosa – exclamou Anahí, levantando a voz. Corrigiu-se imediatamente e voltou ao seu tom anterior. – Não ajam como se isso fosse um interrogatório – disse.

Teresa conheceu outra mulher, que aparentemente estava numa situação semelhante. Não sabia muito sobre ela. Não se sabia muito bem como e onde elas se conheceram, de que maneira vieram se encontrar, mas era óbvio que a partir daquele relacionamento, Teresa tinha começado a apresentar mudanças positivas, a se relacionar melhor com a família. Embora continuasse sem contar nada, pouco a pouco ela parecia ir melhorando, retomando sua vida, seu vínculo com os outros. Numa tarde, ela ligou para Anahí e perguntou se queria acompanhá-la ao cinema. Elas foram juntas à sessão das quatro, era a última, fazia muito tempo que as saídas noturnas tinham acabado na cidade: ou não havia luz ou havia tiros.

– Fiquei surpresa, disse que sim, é claro. Fomos ver um filme qualquer, acho que era uma comédia romântica, não lembro o nome, mas com certeza era a melhor coisa que havia em cartaz naquele dia.

Teresa riu. Anahí estava com um olho na tela e o outro em sua irmã. Viu-a rindo e ficou surpresa, confusa. Na saída, convidou-a para uma bebida num bar que ficava no mesmo shopping. Foi quando Teresa lhe disse a razão de sua mudança. Disse que tudo era graças a Inés e a suas reuniões quinzenais. Foi quando ela lhe falou pela primeira vez sobre o clube de leitura. Eram cinco ou seis mulheres que se reuniam a cada duas semanas para conversar sobre um livro.

A mulher ficou em silêncio por alguns segundos. Como se lembrar a tivesse cansado. Sebastián e Elisa voltaram a olhar um para o outro, desta vez de soslaio, com dissimulação.

– E então – Sebastián tentou fazer a história voltar ao ponto de partida – a senhora falou com minha mãe sobre esse clube. A senhora o recomendou a ela.

Anahí se remexeu na cadeira. Também lançou as costas para trás, olhou para Sebastián, todos os músculos do seu rosto se retesaram.

– Não tenho culpa de nada – ela sentenciou.

Elisa disse que não a estavam acusando. Sebastián reiterou que eles só queriam conversar.

– Já lhes disse tudo o que eu sei – voltou a responder Anahí, ficando cada vez mais nervosa. – Não vejo Teresa há anos – repetiu.

E não houve mais como fazê-la falar. A mulher ficou de pé, deu alguns passos, observou tudo com nervosismo, até abriu um pouco a cortina de uma das janelas do apartamento e tentou olhar furtivamente para fora.

– Acho que é melhor vocês irem embora.

Sebastián tentou acalmá-la, aprofundar um pouco mais a conversa.

– Eu também tenho que sair – ela disse.

Parecia falar diferente. Mais alto, mas também pronunciando as palavras de outro modo. Foi impossível fazê-la mudar de ideia. A mulher só repetia que precisavam sair. Como se estivesse entoando uma ladainha. E evitava cada vez mais os olhares deles. E balançava a cabeça negativamente. Já lhes disse tudo o que sabia, também repetiu várias vezes. Todas as tentativas de retornar ao assunto foram inúteis. Enquanto Elisa e Sebastián tentavam convencê-la, ela se aproximou da porta e a abriu. Voltou a lhes pedir que saíssem, mas agora sem falar nada, apenas movendo o braço esquerdo, apontando o caminho para o corredor.

– Só estou lhe pedindo uma informação – disse Sebastián, antes de sair. – Só me dê uma pista, por favor.

Ela hesitou. Abriu a boca, mas logo voltou a fechá-la, como se quisesse, como se temesse dar com a língua nos dentes.

– Por que a senhora ficou desse jeito? – Sebastián perguntou, já desesperado. – Eu não entendo. Foi por causa de alguma coisa que nós dissemos?

A mulher olhou para ele em silêncio.

– Por que a senhora está nos expulsando assim da sua casa?

Anahí Rosales permaneceu inalterada.

– Qual é o segredo? O que aconteceu com aquele clube?

A mulher se aproximou um pouco mais, arrastando suavemente os pés.

– É melhor você não saber – sussurrou. – No começo, achei que era uma coisa boa. Por isso eu o recomendei à sua mãe – acrescentou. Depois olhou para ele com uma súplica nos olhos. – Você não sabe como eu me arrependo. Aquele clube as deixou loucas. Realmente, não investigue mais nada. É melhor não saber.

(Sobre as Formas de Organizar a Dor)

Magaly estava nervosa, mas aquela emoção, um tanto quanto escolar, também lhe parecia saudável, fazia com que de repente voltasse a se sentir animada, com vontade de viver. Teresa havia lhe pedido para chegar na hora. Inés é fanática pela pontualidade, ela disse. O encontro era às quatro da tarde, mas Magaly começou a se preparar às duas. Tinha tomado banho cedo, às seis da manhã. O racionamento a forçara a mudar os horários e as rotinas. Em seu prédio só havia água duas vezes por dia, uma de manhã e outra à tarde, meia hora a cada vez. Nada além disso. No resto do tempo, o líquido só fluía em baldes e bacias. Estava quente, ela decidiu colocar um vestido. Teresa também tinha avisado que Inés era a mais cerimoniosa do clube. A mais velha. Haviam se encontrado pela primeira vez num café perto do seu consultório. Teresa era jovem, devia ter no máximo trinta e cinco anos, embora se vestisse como se fosse ainda mais jovem. Naquela tarde, estava com uma calça jeans surrada e uma camisa branca sem gola. Usava duas ou três pulseiras indígenas, feitas de miçanga, no braço esquerdo. Teresa a inteirou rapidamente. Somos um grupo pequeno, pode crer, ela disse.

Éramos umas dez, mas pouco a pouco algumas foram saindo. As pessoas dizem que leem, mas não é verdade – afirmou, sorrindo. – As pessoas leem notícias, fofocas, mensagens de texto, qualquer coisa, desde que seja curto. Quase ninguém mais lê livros. Acham que é excessivo. Tem gente que vê um livro e já se cansa. Isso também aconteceu com o clube. Com o passar dos meses, fomos sendo menos. Mas não nos importamos com isso. Na verdade, nos sentimos melhor assim. Antes poucas do que mal acompanhadas, é o que dizemos. Magaly concordava com a cabeça, sem saber muito bem o que responder. Teresa parecia contente com a ideia de ela se juntar ao clube. Agora somos quatro, comentou, mas se você entrasse, seríamos cinco. Seria ótimo. Prefiro números ímpares. Assim, quando discutirmos, nunca ficaremos empatadas.

Mas ela também avisou que, antes, o clube tinha de aceitá-la.

Magaly sentiu que tinha de passar por um teste. Via-se diante de um desafio que havia lhe trazido de volta um pouco da adrenalina adormecida, uma pontada de eletricidade que parecia ter sacudido momentaneamente o estado de desânimo em que estava submersa. O único conselho que, em seis meses de terapia, a sua psicóloga tinha lhe dado parecia estar funcionando. Ela sentia vontade de sair de casa, punha-se a decidir entre diferentes roupas possíveis, tinha até passado um pouco de maquiagem, algo leve no rosto, uma tênue sombra também sobre os olhos. Nos lábios: um discreto tom opaco. Desde que o marido havia entrado na fase crítica de sua doença, era a primeira vez em que ela se pintava, a primeira vez em que se colocava diante do espelho para fazer algo que não fosse sentir dor ou pena. Por um momento, enquanto delineava suas pálpebras, pensou que a maquiagem também era uma metáfora para a vida. Os homens nunca poderiam entender. Alguns até achavam que era exatamente o contrário: uma forma de ocultação, uma maneira de encobrir a existência. Estavam errados. Os homens costumam ser muito básicos, pouco elaborados. O pensamento masculino se assemelha a certas equações matemáticas: não tem nuances. Em relação a muitas coisas da vida cotidiana, os homens são totalmente desprovidos de imaginação. É preciso ser mulher para entender que se maquiar não é se disfarçar. Que não se trata de um processo apressado, de um ajuste mecânico. Que em cada escolha, em cada gesto, cada traço, em cada olhar no espelho, estabelece-se uma forma de intimidade que a maioria dos homens ignora, abre-se uma relação com o corpo que os homens não têm.

Traçou uma linha fina sob os olhos e realçou os cílios. Ficou de pé e se olhou de corpo inteiro no espelho que ficava atrás da porta. Gostou de se ver. Sentiu que algo mudava dentro dela.

A rigor, ela não tinha de enfrentar um exame de admissão. Mas era lógico que as outras integrantes do clube quisessem conhecê-la antes de aprovarem sua entrada. Teresa já havia feito um trabalho prévio, tinha lhes falado sobre Magaly, tinha oferecido dados pessoais, garantias, contara até, pelo menos em linhas gerais, a história dela, o relato da doença do marido e da solidão de uma mãe cujo único filho vive no exterior. Naquela primeira reunião, elas não conversaram realmente sobre livros ou leituras.

Travaram conhecimento, falando sobre si mesmas, sobre suas vidas e suas famílias, sobre o país. Mas acima de tudo se dedicaram a olhar-se. Meio de lado, disfarçadamente, mas com eficiência letal. As mulheres têm um bisturi em cada olho. A conversa podia ir por um lado, as palavras vagavam no ar, iam e vinham, com ligeira neutralidade, mas as pupilas, enquanto isso, não se distraíam, moviam-se de forma precisa, eram incisivas, curiosas, faziam um registro minucioso, rastreavam e avaliavam detalhes específicos, expressões, gestos, palavras... Todas, de uma forma ou de outra, fizeram a mesma coisa. As mulheres não se olham: se inspecionam, se examinam. Com afável e delicada diplomacia, aliás. Desde meninas, sabem fazer isso como se não estivessem fazendo. É uma das primeiras coisas que elas aprendem.

Quando ela chegou ao apartamento, as outras já estavam lá. Magaly imediatamente notou o peso e o volume de seus olhares. Aquelas lâminas ocultas que a dissecavam. Teresa fez as apresentações das outras integrantes: Inés Sánchez, uma mulher de mais de cinquenta anos, com um semblante severo, endurecido. Usava óculos e apertou sua mão com vigor. Leonor Manrique, uma morena visivelmente tímida: só a olhou nos olhos por um segundo; sorriu de lado. Era jovem, parecia ter a mesma idade que Teresa. Adriana Muñoz, risonha e robusta, com seios grandes e um sorriso largo... Magaly lhe deu quarenta e oito anos. Era sem dúvida a mais simples e a menos desconfiada do grupo. Foi a única que, mesmo antes do início da reunião, deu-lhe as boas-vindas ao clube. Então todas se sentaram e começaram a conversar. Após os primeiros minutos, Magaly sentiu algo próximo ao alívio. Uma avaliação rápida da forma como a tinham olhado já lhe dava uma vantagem. Ela tinha passado por um primeiro teste: sem que nenhuma delas tivesse dito nada, percebeu nitidamente que todas tinham gostado do seu vestido azul.

No dia seguinte, ela e Teresa se encontraram para tomar um café e trocar comentários sobre a reunião. Magaly havia causado uma ótima impressão, todas tinham-na adorado e haviam concordado que, a partir da próxima quarta-feira, ela entraria formalmente no clube. Magaly perguntou se o clube tinha um nome. Até aquele momento não havia pensado nisso. Apenas quando se sentiu dentro do clube lhe surgiu aquela pergunta. Teresa disse que não. Que uma vez, numa tarde ociosa, depois de comentarem sobre um livro que todas acharam tedioso, ficaram conversando sobre aquilo, aventaram várias possibilidades, mas nenhuma lhes agradou. Explicou que naquele momento elas estavam lendo um romance chamado *A Casa da Beleza*, da escritora colombiana Melba Escobar. É ótimo, ela disse. Você tem de se apressar, acrescentou, porque na quarta-feira vamos discuti-lo. O clube tinha um plano de ler dois livros por mês. Era ambicioso, mas não era rígido. Elas escolhiam os livros por votação, mas, por turnos, cada uma delas tinha sempre a oportunidade de propor um título. Geralmente, as propostas surgiam de perguntas ou comentários tirados de algum portal da Internet, ou de recomendações de amigos ou conhecidos. Magaly perguntou como elas faziam para conseguir os livros. Do jeito que estava a situação, não era fácil. Várias livrarias tinham ido à falência. Além disso, os preços de alguns títulos eram absurdos.

A leitura não cabia no orçamento. Teresa concordou, disse que não era fácil, mas que quase sempre conseguiam obter mesmo que apenas um exemplar, físico ou virtual, e acabavam compartilhando-o. Dependendo daquelas dinâmicas, mudavam ou não as datas das reuniões. Mas eram sempre às quartas-feiras. Não temos um nome, assinalou Teresa, mas vez ou outra falamos em clube das quartas-feiras. Não soa mal.

Magaly quis saber como a experiência tinha começado, quem tinha sido a primeira, como Teresa havia se juntado ao grupo. Teresa então lhe contou sobre as outras mulheres. A fundadora tinha sido Inés, a dona do apartamento onde elas haviam se reunido no dia anterior. Inés Sánchez Guerra. Teresa lhe dava pouco mais de cinquenta anos. Era divorciada, tinha dois filhos, embora Teresa tenha rapidamente esclarecido que já não eram dois, que isso era parte do problema, que na verdade agora ela só tinha um filho.

– Há pouco tempo, a filha mais velha dela morreu – Teresa baixou a voz.

As duas estavam sentadas numa mesa solitária de um café que quase parecia abandonado. Magaly teve de se aproximar um pouco mais para conseguir ouvi-la.

– Inés não gosta de falar sobre isso – ela disse.

Magaly assentiu, cada vez mais interessada.

– Foi tudo muito terrível. Na verdade, acho que Inés não superou isso ainda. – Ela fez uma pausa, como se estivesse ponderando o que havia acabado de dizer, e depois, sempre em voz baixa, enfatizou: – Talvez a gente nunca supere essas coisas. Imagine: como você ficaria se matassem o seu filho?

Bastou ouvir a pergunta, bastou vê-la ressoando no ar, sendo proferida, para se sentir abalada. Magaly sentiu que sua vida se quebrou em um segundo.

Chamava-se Irina e tinha vinte e um anos. Estudava computação na universidade. Era uma garota alegre, divertida, pelo que dizia Inés. Não tinha namorado na época, mas havia saído com um ou dois jovens, meninos com quem ela tinha estabelecido um relacionamento durante alguns meses. Tinha um bom grupo de amigos, e foi exatamente com eles que ela foi à manifestação. Todos estudavam juntos, partiram da universidade, como muitos outros estudantes, e se juntaram a uma passeata de protesto.

O episódio aconteceu na avenida, muito perto do prédio onde Inés mora. Quatro ou cinco estudantes estavam voltando, Irina estava entre eles. Desceram do ônibus num ponto que fica quase na esquina. É uma avenida larga, ladeada por conjuntos de edifícios dos dois lados. Em geral, predomina uma arquitetura funcional, todos os prédios foram construídos nos anos setenta. A altura média é de dez ou doze andares. Inés mora no oitavo andar. Estava na sacada. Sempre que havia uma passeata, ela ficava ali, apoiada na sacada, e deslizava o olhar em direção à rua, esperando Irina chegar, esperando aparecer embaixo a sua cabeça o emaranhado do seu cabelo preto, sinuoso, sua maneira de andar na calçada, como se seguisse um vaivém musical. Às vezes, a menina, que sabia que sua mãe estava oito andares acima, com a angústia pendurada na sacada, também levantava o rosto, procurava-a com o olhar e acenava para ela. Ou apenas sorria. Pelo menos era assim que Inés gostava de imaginá-la. Olhando para ela à distância e sorrindo.

Naquela tarde, Irina não olhou para cima.

– Inés diz que no instante em que a viu descer do ônibus, teve um mau pressentimento.

Os maus pressentimentos são um lugar comum.

Os maus pressentimentos são um vazio na linguagem, um ponto frouxo da narrativa.

Mas existem.

Pode-se buscar outro nome para eles: premonição, palpite, presságio; pode-se tentar falar sobre eles de outra maneira, descrevê-los de forma mais original, mais complexa, mas lá estão eles. Não há como aniquilá-los.

Inés viu Irina e seus amigos descendo do longo veículo e teve um mau pressentimento. A luz da tarde se refletia nas janelas do edifício que se erguia do outro lado da rua. Por um momento, as figuras dos quatro jovens se perderam em meio à luz. Transformaram-se em sombras amarelas. E então, à distância, irrompeu o ruído de várias motocicletas. Exatamente naquele instante, subindo de repente do interior de seus quadris até os seus lábios, Inés teve aquele presságio doloroso. Foi uma premonição, um palpite, uma intuição; um desespero que parecia uma pedrada.

Dentro do apartamento, Julio, seu outro filho, assistia televisão. Era um programa de auditório. O entusiasmo artificial da apresentadora a irritou. Ela se virou e fechou com força a porta de vidro que separava a sala da sacada. Olhou para baixo novamente. Os motoqueiros já estavam lá, já haviam chegado. Era um grupo de oito ou dez. Estavam todos vestidos de vermelho. Faziam suas motos rugirem, gritavam palavras de ordem, Inés não podia ouvi-las, mas supunha que eram a favor do Alto Comando.

Começaram a cercar os jovens. Era óbvio que eles tinham participado da passeata. Estavam com mochilas e bonés, um deles carregava uma bandeira amarrada a um cabo de vassoura. Tiveram de parar, porque as motos lhes barravam a passagem. Começaram a circular em torno deles. O barulho dos motores os cercava.

Uma dúvida atravessou a mente de Inés: o que ela devia fazer? Descer? Será que chegaria a tempo? A tempo de quê? O terror a paralisou. Não conseguia desprender os olhos da filha. Começou a gritar, tentando chamar a atenção. Jogou no ar uma de suas sandálias. Continuou a gritar. Mas as pessoas se afastavam, nenhum dos transeuntes tinha coragem de intervir. Alguns pararam por uns instantes para olhar, mas muito rapidamente se retiraram. Apressados. Com medo. As motos continuavam a dançar, como animais de metal, em volta dos jovens. E os meninos, cercados, tentavam se defender, resistir ao assédio. Eles também gritavam. De repente, um dos motoqueiros esticou a mão para o ar, muito perto de Irina. Talvez estivesse tentando acariciá-la. Ou esbofeteá-la. Ou tirar sua mochila. Irina se esquivou e lhe respondeu, furiosa, enfrentando-o aos gritos. De cima, Inés tentava seguir tudo com os olhos, mas as diferentes figuras se cruzavam, se atravessavam. Tentou ler os lábios da filha. Apertou as mãos na grade da sacada. Disse sai daí. Disse Irina. Gritou as duas coisas. A respiração dos escapamentos das motos, o uivo de uma buzina, a tensão da tarde, tudo parecia formar uma nuvem cada vez mais espessa e estridente, um vapor agitado que se espremia no asfalto e começava a subir, a se expandir para o céu.

E então, da sacada, Inés viu um dos motoqueiros apontar um revólver para Irina. E também viu como sua filha deu um pequeno pulo no ar e caiu, como de repente ela desabou na rua.

Mas nunca ouviu o tiro.

Inés se lançou do impacto da morte de Irina para um trabalho frenético. Não teve escolha. Talvez fosse apenas uma maneira de eludir o que estava acontecendo, de evitar o sofrimento. Contornou o pesadelo, tornando-se por alguns dias protagonista dos noticiários.

Desde seus primeiros gritos, ao chegar à rua e se agachar e tentar abraçar o cadáver de sua filha, Inés começou a se transformar num dos símbolos fugazes que – na mesma velocidade – os meios de comunicação produzem e devoram. Ela denunciou o fato às autoridades, compareceu diligentemente a cada instância do sistema judicial, também se colocou à frente de todas as câmeras dos canais e plataformas audiovisuais que lhe permitiram; ficou de pé por várias horas, com uma fotografia de Irina nas mãos, em frente à sede da Ouvidoria Cidadã; chorou de tristeza e de cansaço numa entrevista com um jornalista estrangeiro, entrou para o Comitê de Vítimas da Violência, reuniu-se durante muitos dias com muitas pessoas, mas, no final, sempre voltou para casa sozinha.

Seu ex-marido não soube o que fazer com a tristeza, não suportou a aflição, não quis participar de nenhuma campanha, a desolação o congelou. Distanciado de sua segunda esposa, logo decidiu ir para o exterior. Julio confessou a Inés que ele também não queria mais permanecer no país, que tudo o fazia lembrar-se de sua irmã Irina, que aquela cidade não era uma cidade, mas uma morte disfarçada de ruas e edifícios, que mesmo que ele ainda não tivesse dezoito anos ela podia permitir que ele fosse com o pai, por favor. Inés disse que sim, sem pensar.

Uma única bala acabou separando-a de seus dois filhos.

Semanas depois, quando surgiu um novo escândalo e o assassinato de Irina passou a segundo plano, a emoção e o ruído de repente começaram a se desfazer, a intensidade tornou-se um vapor cada vez mais suave e inócuo. O nome de sua filha foi se apagando sob o peso de outros nomes. A mídia procurava Inés cada vez menos. O telefone foi se desligando pouco a pouco, no final ela mesma parou de atendê-lo. E então, ela entendeu que não tinha escolha a não ser enfrentar seu luto. Nos primeiros dias, ficou quase o tempo todo na sacada, com os cotovelos encostados na parede, olhando para aquele nada que era uma manhã ou uma tarde. Toda vez que ouvia o som de um ônibus, não podia deixar de olhar para baixo e fitar o ponto. Observava detidamente as pessoas que desciam do veículo e depois voltava à posição original, lançando os olhos ao ar.

A consequência mais imediata da morte é o vazio, a aparição palpável e visível do vazio. Inés tentou combatê-la. Começou a passar muito tempo no quarto da Irina. Queria arrumá-lo, tentar restituir a filha em seus objetos, devolver-lhe a ordem que a ausência tinha tirado. Também convidou as amigas e os amigos de Irina para irem ao apartamento. Queria que eles ficassem na casa por muito tempo, que enchessem a sala de barulho, que se lembrassem dela, que falassem sobre ela, que pronunciassem seu nome. Mas pouco a pouco o vazio foi se impondo, foi vencendo-a. Percebeu que não havia como enfrentá-lo. Era como uma umidade que a cada dia ganhava mais terreno. Sentiu que a única alternativa que lhe restava era se render. Inés voltou a trabalhar como assistente de contabilidade num escritório de advocacia. Tentou recuperar sua rotina, foi caminhar no parque de manhã, telefonou para duas ou três amigas, combinaram de se encontrar, mas nunca se encontraram, restabeleceu seu contato com um fornecedor de alimentos no mercado negro, entrou na fila para tentar conseguir detergente... Era tudo parte de um ensaio artificial, queria fingir que vivia quando na verdade já estava excessivamente dominada por seu próprio mal-estar.

– A morte também é contagiosa – sentenciou Leonor, sem levantar a voz.

– Quem disse isso?

– Eu que estou dizendo.

– Você vive lendo essas besteiras de filosofia barata e coisas quânticas. Deve ter tirado essa frase daí.

– Não. Tirei da minha cabeça, juro.

Depois, as duas permaneceram em silêncio por um instante. Estavam comendo juntas num terraço perto do escritório. Fazia calor e no fundo da paisagem se ouvia a voz de um policial através de um alto-falante. Uma patrulha atravessou lentamente a rua. Tinha um megafone no teto. A voz do oficial dizia algo sobre as zonas de segurança, onde as manifestações públicas não eram permitidas. Elas esperaram que o som desaparecesse à distância.

– Irina gostava de ler – disse Inés, finalmente, fechando o recipiente de plástico onde trazia comida de casa.

– O que ela lia?

– Não sei – respondeu.

Mas naquela mesma tarde, quando chegou no apartamento, ela foi direto para o quarto da filha e parou em frente à estante de madeira branca. Viu as lombadas dos livros, tocou-os. Deixou que a palma da sua mão pousasse sobre eles. Sentiu que estava um pouco mais perto. Assim nasceu a ideia de formar um clube de leitura.

A primeira pessoa com quem comentou sobre aquilo foi Leonor, é claro. Conheciam-se há anos e, apesar da diferença de idade, ela era sua melhor amiga no trabalho. Leonor não chegara aos quarenta anos, era uma mulher reservada, contida. Não tinha filhos nem tinha se casado, Inés nunca tinha sequer conhecido um namorado ou um pretendente seu. Mas nas vezes em que ela tentara tocar no assunto, Leonor tinha rapidamente estabelecido uma barreira. Raramente falava sobre sua vida pessoal. Num dia de chuva forte, Inés a levou de carro até uma estação do metrô. No trajeto, duas ou três crianças muito magras e descalças atravessaram a rua na frente delas. Elas costumavam pedir dinheiro na região, mas naquele momento tinham deixado o trabalho de lado e eram apenas umas crianças rindo e se empurrando na chuva. Depois de olhar para elas, como se lhe escapasse uma confissão, Leonor disse que sua infância tinha sido assim. Saiu então do carro e atravessou a rua, também na chuva, em direção à estação. Inés não se lembrava de outra confidência. Só aquele momento. Evidentemente, Leonor era uma mulher muito trabalhadora, disciplinada, rigorosa no cumprimento das regras. Ela era a secretária executiva do conselho administrativo da empresa. Antes da crise econômica explodir e atingir sua plenitude, Leonor ia três vezes por semana a uma escola particular para estudar inglês. Estava sempre com um livro na mão, geralmente títulos de autoajuda e empoderamento. Quando Inés lhe falou sobre sua ideia, não reagiu com muito entusiasmo. O plano de trocar experiências com outras mulheres que ela não conhecia a intimidava. Mas Inés insistiu, manipulou-a um pouco, fez com que ela sentisse que a experiência poderia ser uma terapia fundamental em seu processo de luto. Leonor então disse que sim, que iria a algumas reuniões para experimentar. Inés agiu rapidamente, com um ânimo que não sentia desde a morte de Irina, e conseguiu convocar nove mulheres para uma primeira reunião em sua casa, numa tarde de quarta-feira.

Havia uma certa onda de clubes de leitura na cidade. Seria exagerado dizer que estavam na moda, mas foi certamente um fenômeno peculiar. Tinham começado a surgir de repente, sem serem precedidos por uma tradição sólida. Eram essencialmente grupos de mulheres que subitamente haviam transformado a leitura, a discussão de um livro, em seu motivo de encontros periódicos. Um sociólogo, especialista na análise dos movimentos culturais urbanos, observou, em entrevista a uma rádio, que o surgimento e a vigência daquelas pequenas comunidades literárias estavam diretamente relacionados à crise que se vivia. Diante da insegurança e da violência, diante do desastre generalizado, aqueles clubes se apresentavam como espaços de resistência, como bolhas de oxigênio, de diálogo, de confiança; eram uma espécie de trincheira frente à expansão do caos. Nenhuma das mulheres que foram ao apartamento de Inés naquela primeira quarta-feira tinha essa ideia em mente, nenhuma delas pensava assim. Na melhor das hipóteses, só queriam fugir de forma simples e natural, sem grandes custos. Aquela primeira tentativa, que Inés chamaria mais tarde piedosamente de "a primeira etapa", fracassou com velocidade contundente. Talvez o erro, e foi o que a própria Inés reconheceu mais tarde, tenha sido tentar ligar aquela experiência a Irina. Mas para ela, pelo menos naquele momento, era um vínculo inevitável. Na primeira reunião, ela propôs que começassem com o romance que sua filha estava lendo antes de morrer. O livro estava marcado na página 165. O título era *O Céu é Azul; a Terra, Branca* e, numa linha mais abaixo, acrescentava-se: *Uma História de Amor*. Era assinado por Hiromi Kawakami. Inés não sabia quem era aquela autora nem como aquele livro tinha chegado às mãos de sua filha. Mas achava que era um excelente título para inaugurar o clube. Ninguém se atreveu a contradizê-la. Apenas Leonor, no final da reunião, enquanto a ajudava a recolher os copos, assinalou:

– Você nem sabe se Irina gostava desse livro.

Na quarta-feira seguinte, quando supostamente todas já deviam ter lido o romance, apenas três pessoas apareceram. Houve todo tipo de desculpa, duas ou três invocavam a dificuldade de conseguir o livro ou de imprimir uma fotocópia, outra apelou para uma irmã doente, outra disse que o carro tinha quebrado, que ela não conseguia encontrar as peças de reposição necessárias, que não podia se locomover. A despeito de tudo, Inés ostentou um entusiasmo forçado e acabou fazendo o que queria: uma homenagem íntima a Irina. Cada um organiza sua dor como pode, ela disse.

Todas gostaram do romance. E se divertiram muito conversando sobre o livro. Sentiram-se diferentes, sentiram-se melhor. A terceira era Adriana Muñoz. Veio ao clube um pouco por acaso, tinha sido convidada por uma das que faltaram. Mas se integrou rapidamente. Era uma mulher falante, animada, sem muitos filtros interiores, divertida e espontânea. Zombou do próprio excesso de peso e celebrou o baixo quórum, observando que assim sobravam mais bolachas para elas. Algumas semanas depois, Teresa Rosales juntou-se ao grupo. Quem a trouxe foi Inés. E depois a própria Teresa sugeriu o nome de Magaly. Elas se encontraram durante quase um ano, lendo e discutindo mais de uma dúzia de títulos. Tudo estava bem, até o momento em que Leonor Manrique propôs que elas lessem um livro de autoajuda.

(Os Livros te Salvam) (E Vice-Versa)

Quando completou quinze anos, Leonor conheceu seu pai. Foi assim: ela estava estudando na sala, fazendo a lição na única mesa que havia na casa. Sua mãe e ela moravam sozinhas, num espaço alugado de dois cômodos e um banheiro, na parte mais estável de um bairro popular. Era um anexo de outra casa maior. Tinha apenas um quarto, onde as duas dividiam uma cama; na sala também ficava a cozinha e, ao lado da porta de entrada, havia um pequeno banheiro onde se apertavam uma privada, uma pia e um chuveiro. O resto era um pequeno quintal, com uma pia para lavar e umas cordas cruzadas de muro a muro para secar as roupas. Naquela tarde, ao voltar do seu trabalho como bedel numa escola próxima, a mãe se aproximou dela e, sem sequer fechar a porta, disse-lhe para se vestir, porque elas iam sair. Leonor ficou animada, secretamente pensou que talvez elas fossem comprar um presente, os sapatos de plataforma que tantas vezes comentara com a mãe, enfatizando o quanto gostava deles. Mas sua mãe não estava com cara de presente. Parecia tensa, perturbada. Quando já estava pronta para sair, Leonor se arriscou a perguntar aonde estavam indo, o que iam fazer. Sua mãe disse: hoje você tem de conhecer o homem que é seu pai. Leonor ficou surpresa. Depois pensou em seus sapatos e não disse mais nada.

Às vezes, as desgraças se repetem de forma automática. Assim, deixam de ser desgraças. A repetição as banaliza; domestica o assombro e transforma a dor num hábito. A reprodução faz com que a realidade perca a importância, e seja rapidamente catalogada como um lugar comum. A suposta falta de originalidade, em vez de aumentar uma desgraça, minimiza-a. Leonor fazia parte daquele enorme grupo estatístico que se agrupa sob uma categoria paradoxal: filhos naturais. Nunca conhecera o pai, jamais soubera nada sobre ele. Sua mãe dizia: não falamos sobre isso. Desde que era criança, seu pai era um *isso*. Não tinha nenhuma aparência, história, nome. Na escola onde Leonor cursou todo o ensino fundamental, as famílias com pai e mãe eram a exceção. Quase todas as crianças só tinham e conheciam a mãe. A vida sem pai era o natural. Enquanto desciam o morro em direção à avenida, Leonor se sentia confusa e nervosa, não entendia por que exatamente naquele momento sua mãe removia aquela capa do passado. Não era o melhor programa para o seu aniversário. Depois de tanto tempo, ela nem sabia se queria ou não conhecer o pai. Sua mãe nem perguntou. Não era o estilo dela. Era uma mulher dura, direta, mais inclinada à ação do que às palavras.

Foram a um boliche num shopping da região leste da cidade. Ficaram mais de uma hora no ônibus. Ao longo do trajeto, sua mãe não disse nada. Olhava para a frente, com a mandíbula apertada, como se tivesse alfinetes dentro dos olhos. Leonor não se atreveu a falar nada. Sentia que suas mãos suavam.

– É aqui? – a pergunta surgiu instantânea e perplexa quando elas entraram no lugar.

Leonor nunca tinha ido a uma pista de boliche. Tinha visto uma ou outra em algum filme na televisão, mas nada além daquilo. A primeira coisa que a surpreendeu foi o som, aquele estrondo organizado, quase como uma orquestra, que os pinos produziam ao cair. Sua mãe a puxou por um corredor afastado das pistas e próximo da área dos funcionários. Caminhava com passos curtos, mas apressados. Olhava de soslaio para as pistas, com medo. Apertou a garota contra o próprio corpo.

– Cuidado! Ninguém pode te ver! – sussurrou.

A perplexidade de Leonor aumentou. Sua mãe falou ao ouvido de um empregado, que entrou por uma porta cinza. Poucos minutos depois, saiu Estela, madrinha de Leonor, que trabalhava no local. Cumprimentou Leonor com um beijo, deu-lhe os parabéns, sorriu para ela. Mas sua mãe a obrigou a deixar as cortesias de lado, também lhe falou ao ouvido, as duas mulheres trocaram algumas palavras, até que Estela se levantou e olhou para a pista de madeira, depois esticou os lábios, apontando para uma das pistas. Elas se olharam. Sua mãe acenou com a cabeça e então Estela começou a andar, fazendo um gesto para que a seguissem. A mãe de Leonor voltou a pegar sua mão e a puxou. Percorreram grande parte do lugar grudadas à parede do fundo. Era o espaço para os funcionários. Estava mal iluminado. Passaram pela cozinha, onde outras mulheres preparavam os pratos oferecidos pelo restaurante do lugar, até que chegaram bem atrás da pista 11, onde finalmente sua madrinha as deixou. Mãe e filha permaneceram envoltas numa tênue penumbra. Estavam no final de uma pequena arquibancada onde o público podia se sentar. Em frente àquelas três fileiras descendentes de cadeiras, havia um amplo espaço para os jogadores ou os garçons passarem. Mais adiante, havia um banco semicircular, com outras cadeiras e uma mesinha, onde começava a faixa de madeira em que as bolas rolavam até se chocarem no fundo com o grupo de pinos. Um homem alto, um pouco gordo, estava sentado no banco. Ao lado dele estava uma mulher, sorridente e ruidosa. Eles bebiam um líquido vermelho e seus copos estavam cheios de gelo. Havia também dois jovens, um estava se preparando para jogar, carregando a bola; o outro estava sentado atrás da mesa, escrevendo algo num pedaço de papel. Leonor estava nervosa. O frio do ar-condicionado ressecava seus lábios. Também sentiu que suas axilas estavam pegajosas. Calculou que os dois jovens eram mais velhos que ela. Não muito. Talvez tivessem dezessete e dezoito anos, quem sabe. Sua mãe colocou a mão em seu ombro e a forçou a se agachar. As duas ficaram agachados atrás das últimas cadeiras da arquibancada.

– É esse aí – ela disse. – Olhe bem. Não se esqueça.

Leonor só concordou com a cabeça, tensa, sem desprender os olhos do homem alto e barrigudo.

– E olhe também para esses moços – continuou a mãe. – Olhe para eles, Leo. Preste atenção, eles são seus meios-irmãos.

Leonor sentiu que tinha um nó de cabelo no fundo da garganta. Tinha dificuldade para engolir. Passou os olhos nos dois jovens.

– Guarde bem na memória, hein? – insistiu a mãe.

Leonor nunca soube exatamente quanto tempo elas ficaram ali, naquela posição. Ao sair, suas pernas doíam, seus músculos estavam dormentes. Percorreram o mesmo trajeto, da mesma maneira quase furtiva, e saíram sem se despedir de sua madrinha. A viagem de volta foi mais longa, havia mais trânsito na cidade. O ônibus estava lotado. Elas viajaram em silêncio. Apenas em um momento sua mãe lhe ofereceu um gesto, uma explicação. Quase quando estavam chegando, ela pegou sua mão e a fitou com algo parecido à ternura.

– Você já é uma mulher – ela disse. – Você tinha que saber.

Leonor levou muitos anos ponderando as inquietudes que moveram sua mãe naquele dia. Terminou o ensino médio, queria estudar Direito, mas não conseguiu vaga na universidade pública. Começou a trabalhar num salão de beleza, alisando e pintando cabelos, enquanto à noite estudava secretariado e administração num instituto de novas profissões. Concluiu o curso e começou a trabalhar num banco. Conseguiu alugar um apartamento pequeno, mas com dois quartos, localizado perto do centro da cidade, numa área menos perigosa do que aquela onde haviam passado a vida inteira. Teve alguns namorados, mas nunca se casou. Viu o Alto Comando chegar ao poder e aderiu com entusiasmo a todas as suas promessas; porém, quando o Alto Comando suspendeu os partidos políticos e eliminou as eleições, quando expropriou as empresas e anunciou a chegada da Idade de Ouro do país, Leonor ficou assustada. Naquela época, ela já estava trabalhando como secretária executiva no escritório de advocacia. Sua mãe começou a desenvolver sintomas de Alzheimer e então, só então, provavelmente compelida pelo temor de que todas as suas memórias se perdessem para sempre entre as sombras da sua cabeça, Leonor decidiu trazer de volta aquele momento do passado e falar sobre o que acontecera quando ela completou quinze anos.

Sua mãe já era outra mulher. A idade tinha lhe afrouxado até as maçãs do rosto. O tempo conseguiu derrotar seus medos mais sólidos. Havia nela certa doçura que Leonor jamais conhecera antes. Sempre fora uma mãe dedicada e responsável, mas nunca tivera talento ou disposição para a intimidade, para o carinho. E quando já não podia continuar sendo mãe, quando os anos lhe arrancaram até mesmo aquela definição, de repente fluía nela uma sensibilidade desconhecida, uma nova fragilidade. Era de noite e as duas estavam sentados na sala de jantar, comendo.

– Lembra quando eu fiz quinze anos?

Sua mãe ergueu o olhar do prato, olhou para ela, assentiu com um sorriso.

– Falando sério, mãe – disse Leonor, também com um sorriso, cúmplice. – Me diga: do que você lembra?

Sua mãe tentou pegar uma fina fatia de queijo.

– Você me levou a um boliche, lembra? Queria que eu conhecesse meu pai.

A mulher deteve o movimento, levantou o rosto, olhou-a de outra forma, um brilho diferente assomou entre suas pálpebras.

– Eu sempre me perguntei: por que você fez aquilo? Para quê?

Sua mãe ficou pensando por alguns instantes. Pelo menos, era o que parecia. Com a cabeça um pouco inclinada, como se procurasse dentro de si, num calendário infinito e obscuro, aquela data exata, aquela tarde perdida entre muitas passagens secretas. Depois voltou ao seu prato e continuou comendo.

Quando Leonor deixou cair suavemente o cobertor sobre ela, e se inclinou e lhe deu um beijo na testa e disse boa-noite, sua mãe agarrou-a pelo braço, com um impulso diferente, segurando-a. Leonor ficou surpresa, pensou que ela estava com alguma dor. Mas sua mãe de repente a viu com o mesmo olhar do passado, como se com muito esforço, com um anzol invisível, tivesse puxado da memória um pedaço retorcido daquela lembrança.

– Eu tinha medo – sussurrou.

– Medo? – Leonor não entendia ao que ela se referia.

– A cidade era muito pequena e eles eram homens, entende?

Leonor olhou para ela com espanto, começando a intuir o temor de sua mãe.

– Eu tinha medo – repetiu sua mãe, e uma expressão de sofrimento assaltou seu rosto. – Medo do acaso. De que um dia você encontrasse um daqueles moços por aí. Essas coisas acontecem.

Sua mãe morreu dois anos depois. Foi à noite, ela estava dormindo e nunca acordou. Teve um infarto fulminante. É a melhor forma de morrer, disse o médico. Ela nem percebeu. Aos trinta e cinco anos, Leonor começou a viver sozinha pela primeira vez. No começo se sentiu desorientada, não tinha vontade de voltar para casa depois do trabalho. Sentia que sua vida havia perdido o eixo, que não tinha significado. Passava horas sentada olhando para lugar nenhum, sem pensar em nada. Como se sua cabeça fosse inútil, como se entre as suas orelhas só tivesse um mapa vazio. Numa tarde, andando com pressa para chegar em casa antes do anoitecer, estacou de repente diante de um livro atrás de uma vitrine. Na capa aparecia o rosto de uma mulher sem feições particulares. Era um semblante oco, uma máscara sem fundo. A silhueta de uma mulher que perdera seu corpo, parecia pendurada, sem estrutura, sem centro. *Nem Hamster nem Canário,* afirmava o título em grandes letras azuis. O nome da autora era Alma Briceño. Leonor não entendeu o que significava. Mas se sentiu poderosamente atraída, numa repentina e inexplicável conexão com aquele livro. As epifanias são muitas vezes incompreensíveis no início. Leonor entrou e comprou o livro. Apertou-o com o braço contra o corpo até chegar no apartamento. Não conseguiu soltá-lo durante a noite toda. Mal dormiu por duas horas, mas ao acordar já sentia que sua existência era diferente, que a vida poderia ter pelo menos um significado.

Durante um ano e meio, Leonor compareceu pontualmente às reuniões do clube. Leu todos os livros propostos, participou das discussões, mas nunca propôs um título. Quando chegava a sua vez, na quarta-feira em que tinha a chance de propor, ela sempre cedia a vez, se desculpava, dizia que na verdade não tinha nenhuma sugestão. Ao longo dos meses, o clube permaneceu com as mesmas cinco mulheres. Magaly costumava dizer ironicamente que, sem dúvida, era um clube muito exclusivo. Adriana, no mesmo diapasão, acrescentava que, mais do que um clube, era uma sociedade secreta. Teresa rematava afirmando que, na verdade, elas eram apenas um círculo vicioso. Inés se munia de paciência e as deixava repetir sempre as mesmas piadas. Contudo, provavelmente por serem tão poucas, começou a ocorrer um processo de aproximação e união diferente do que certamente teria ocorrido se o clube fosse maior. A confiança surgiu de forma mais natural e, muito rapidamente, de maneira não deliberada, uma nova intimidade começou a aflorar entre todas elas. Aconteceu a partir da primeira quarta-feira após a entrada de Magaly no clube. Estavam conversando sobre o romance de Melba Escobar. Teresa confessou que havia algo que havia chamado sua atenção. Mais do que o assassinato ou a trama de suspense tecida ao redor de um crime, o que tinha lhe interessado era o contexto em que o romance se desenvolvia: um salão de cabeleireiro, um centro de beleza feminina, onde todas as histórias se reuniam e se cruzavam. Deu um exemplo da página 78. E leu o trecho em que uma mulher fala sobre a massagem que outra mulher lhe havia feito: "Não me lembrava de alguém ter me tocado daquela forma". E então ela moveu o rosto lentamente, olhando para todas as outras:

– Algo assim já aconteceu com vocês? – ela perguntou.

Comentários como aquele costumavam irritar Inés. Ela os considerava digressões. No entanto, as outras quatro pareciam fascinadas por poder desviar a conversa para aquele tema.

Nenhuma delas jamais sentira nada parecido. Leonor revelou que nunca tinha recebido uma massagem em sua vida. Não tinha tido aquela experiência nem mesmo com um de seus parceiros ocasionais. A partir daí, elas se puseram a conversar sobre as diferenças que, em termos de contato físico, havia entre mulheres e homens. Por que é normal que as mulheres se toquem ou se beijem? Por que é normal irem juntas ao banheiro? Por que, por outro lado, uma experiência ou situação semelhante era inaceitável entre os homens? Por que determinado fato podia ser absolutamente natural se ocorresse entre mulheres, mas absolutamente estranho ou suspeito se acontecesse entre homens?

– É óbvio – disse Adriana –, se dois homens se tocam, são gays.

E então ela riu. Sozinha.

– Isso a gente sabe – esclareceu Teresa. – A questão é por que duas mulheres que se tocam não são automaticamente gays – assinalou.

Rapidamente, Inés fez notar seu tédio ou seu mal-estar. Aquelas discussões lhe pareciam simplórias, muito cheias de clichês. Não entendia ou achava difícil aceitar que ainda assim eram a porta para que de vez em quando todas pudessem desabafar um pouco, falar sobre si mesmas e encontrar um momento de alívio.

Em um ano e meio, elas tinham lido um bom número de títulos e haviam construído uma relação cada vez mais estreita entre elas. Em algum momento, decidiram dar prioridade em suas leituras a jovens escritoras latino-americanas. Foi tudo culpa de Inés. Num artigo de uma revista alemã, traduzido num blog de jovens que ela às vezes lia, asseverava-se que o novo boom da literatura seria composto por mulheres com menos de cinquenta anos e todas nascidas ao sul de Tijuana. Com aquele argumento, Inés as convenceu. E assim elas leram Guadalupe Nettel, Pilar Quintana, Samanta Schweblin, Enza García Arreaza, Gabriela Alemán, Katya Adaui, Liliana Lara, Fernanda Melchor, Paulina Flores, Selva Almada... Contudo, ao mesmo tempo, elas também começaram a se telefonar, a se encontrar – juntas ou separadas – em diversas situações e em diferentes dias da semana. O clube começou a se tornar um espaço flexível, que não dependia exclusivamente dos livros ou das quartas-feiras.

Ao fim de uma reunião, Leonor de repente anunciou que queria propor um livro. O sistema íntimo de alarme de Inés foi ativado. Suas orelhas se esquentaram, os músculos do seu pescoço se aqueceram, uma coceira estranha brotou de repente na palma de suas mãos. Conhecia bem Leonor, as duas trabalhavam juntos, ela sabia quais eram suas preferências literárias. Mas a amabilidade e o interesse de todas as outras congelaram suas apreensões. Não pôde fazer nada. Antes que ela pudesse arranjar qualquer desculpa, Leonor já estava falando sobre Alma Briceño.

A primeira coisa que ela disse foi que não se sabia se aquele era, de fato, seu nome verdadeiro. Inés não pôde deixar de soltar um grasnido e comentar que era obviamente uma estratégia comercial, que Alma Briceño era uma marca. Leonor resistiu ao ataque e, com esforço, mas determinada, continuou.

Os esforços de Inés acabaram parecendo uma sabotagem gratuita, uma atitude deplorável que só incentivava o resto do grupo a apoiar a proposta de Leonor.

Sim, era autoajuda. E ela sabia perfeitamente da má reputação que os livros e escritores de autoajuda tinham.

– Mas não são todos iguais – ela disse.

E continuou falando, cada vez com mais segurança. Os pugilistas também têm má reputação, e há alguns que são decentes, assinalou. Acontece o tempo todo e com um monte de coisas, insistiu. E começou a falar sobre sua experiência, a oferecer argumentos. Por um momento, parecia ter se transformado em outra mulher, uma mulher falante e extrovertida. De repente, como se uma comporta interna tivesse sido destravada, ela falava e gesticulava com veemência. Pensem nos padres, explicou. Ou será que agora todos os padres são uns tarados que andam por aí atrás de crianças? São todos assim? Nem um se salva? E ela deu vários exemplos daquele tipo. Passou pelos políticos, pelos cantores de reguetón, pelos argentinos, pelos policiais... Tornou-se avassaladora. Mencionou o livro *Nem Hamsters nem Canários*. Explicou que não se tratava de uma fábula, que não era pura charlatanice. O livro era baseado numa pesquisa muito séria, um trabalho científico coordenado pelo famoso médico Orlando Mejía Rivera, que envolvia especialistas de diferentes partes do mundo.

– Existem apenas – ela disse –, entre todas as espécies, três animais que têm a possibilidade física, real, de aumentar sua capacidade cerebral durante a vida.

Inés deu uma cafungada.

– É sério. Vocês podem comprovar por conta própria. É assim. Todos os animais, em geral, nascem com o cérebro já formado, completo, definitivo. Há apenas três que têm a possibilidade de transformá-lo, de fazê-lo crescer, de ampliá-lo, de torná-lo muito maior, muito melhor.

– Hamsters? – Adriana exclamou, com uma equilibrada mistura de espanto e repulsa.

Leonor, séria e com certo orgulho, assentiu.

– Sempre achei que os canários eram uns bichos estúpidos – murmurou Teresa.

– E o terceiro – assinalou Magaly, seguindo o caminho de uma dedução óbvia – é o ser humano.

– Exatamente – disse Leonor, com um sorriso de satisfação. E, como se fosse necessário, enfatizou: – daí o título do livro.

Ela então contou como Alma Briceño, de modo lúcido, mas muito agradável, escrevia sobre a diferença e a potencialidade que os seres humanos tinham, sobre a necessidade de aproveitar ao máximo o cérebro, concentrando-se principalmente na inteligência emocional e na capacidade de estabelecer relações diferentes com os outros e com o mundo.

– Mas neste clube – resmungou Inés, já sem conseguir aguentar e acompanhando suas palavras com um suspiro que mais parecia um mugido – nós nos dedicamos a ler literatura, querida Leonor. Isso é o que sempre fizemos.

Houve um silêncio. Todas as demais olharam para Leonor, à espera de sua resposta, como se a conversa fosse uma partida de tênis em câmera lenta. Leonor não demorou a responder.

– Isso é exatamente o que Alma Briceño aponta – ela disse. E depois, com serena simpatia, acrescentou: – Que fazer sempre a mesma coisa nos impede de crescer. Que a tradição às vezes pode ser um obstáculo para a mudança.

E então ela olhou para todas as outras, com uma expressão de afeto e cumplicidade. Naquele momento, Inés entendeu que havia perdido a batalha. Leonor falou então de um novo livro de Alma Briceño. Um livro sobre as mulheres e o amor. Ela queria propor que aquela fosse a próxima leitura do clube.

Quatro votos a favor. Um voto contra.

(Sobre a Importância das Cicatrizes)

Naquela quarta-feira, elas se reuniram num lugar diferente. Magaly propôs que se encontrassem em seu apartamento, pareceu-lhe que era uma maneira de aliviar as tensões causadas pela escolha do livro. Achou que talvez fosse melhor a reunião não acontecer no apartamento de Inés, no território da derrotada. De qualquer forma, nada daquilo impediu o conflito. Inés pigarreou duas vezes antes de alguém começar a falar.

– Se me permitem – ela disse –, eu posso resumir o livro em duas palavras: uma merda.

O novo sucesso editorial de Alma Briceño se chamava *Eu te Daria a Minha Vida... Mas a Estou Usando!* Elas não haviam tido nenhuma dificuldade em consegui-lo. Adriana tinha pegado emprestado de uma sobrinha, Teresa tinha tirado uma cópia do exemplar que Magaly havia comprado. Leonor deixou outro exemplar para Inés em seu apartamento, envolto em papel de presente.

A palavra merda flutuou por alguns segundos em meio ao grupo. Todas as demais ficaram olhando, hesitando, sem coragem de reagir.

– Juro pra vocês. De verdade. É terrível!

As demais: silêncio.

E ela continuou. Disse que era um lixo, um best-seller de péssima qualidade. Literatura básica para pessoas tolas. Também disse que era pior do que um manual, pior do que o horóscopo, pior do que uma má receita de cozinha, pior do que qualquer outro livro de autoajuda.

As demais: mais silêncio.

E ela:

– Sinto muito, Leonor, me perdoe, mas não estou mentindo, é mais forte do que eu. É demais.

Leonor resistiu àquele prólogo e tentou começar com o seu. Comunicou, de saída, que, embora não houvesse muita informação pessoal sobre Alma Briceño, ela havia pesquisado por conta própria com a ideia de poder lhes oferecer um esboço biográfico mais preciso naquela quarta-feira. Sabia-se que, por sua própria decisão, Alma Briceño vivia longe do mundo, em algum lugar no sul dos Estados Unidos.

– É uma invenção dos marqueteiros, eu tenho certeza – apontou Inés.

Leonor continuou falando, disse que havia uma versão que afirmava que Alma Briceño era mexicana, que tinha quarenta anos de idade, que em sua juventude tinha sido uma famosa cantora neopunk e que, depois de uma vida louca, cheia de drogas, fama e sexo, tinha chegado ao fundo do poço, como se costuma dizer, e havia decidido abandonar tudo e começar uma busca interior.

– Que bela história! – A frase de Inés esbanjava ironia.

Adriana perguntou se, além do livro que elas tinham lido, e do livro anterior sobre hamsters e canários, Alma Briceño tinha mais publicações.

Leonor disse que não, mas que a editora havia anunciado seu novo título para a primavera do próximo ano, um livro sobre sua própria história espiritual.

– Como é que vocês não percebem? – Inés perguntou, deixando de lado todo o sarcasmo: – É uma ação de marketing! Nada além disso!

Magaly pela primeira vez se sentiu obrigada a intervir. Com calma, mas conferindo a suas palavras uma ênfase de autoridade.

– Alguém poderia alegar que todos os livros são uma ação de marketing, Inés – ela disse. – Não é essa a questão. Nós lemos isso por Leonor, porque ela propôs. E porque ela tem todo o direito de propor. A ideia é conversar, não sabotar a reunião.

Fez-se um silêncio instantâneo. Inés era a mais surpresa. Não esperava uma reação como aquela, muito menos de Magaly. Por alguns segundos, o silêncio se tornou pastoso, incômodo. Mas Magaly virou todo o seu corpo em direção a Leonor e lhe perguntou o que tinha achado do livro, o que tinha chamado sua atenção. Queria saber se ela havia gostado do texto que elas tinham lido tanto quanto do primeiro livro sobre hamsters e canários. Leonor agradeceu-lhe com o olhar e, em seguida, começou a falar. Pegou o livro, foi até o sumário, leu o nome de alguns capítulos, fez comentários gerais e disse que gostava muito que a autora quisesse problematizar a relação entre a mulher e a sentimentalidade, entre a ideia do feminino e a ideia do amor. Num registro que ia da infância à maturidade, Alma Briceño tentava mostrar e analisar como, em cada fase de sua existência, todas as mulheres eram convidadas, quando não obrigadas, a esquecerem de si mesmas.

– Como se a natureza feminina – Leonor leu algumas linhas na página vinte e três – se nutrisse ou dependesse da capacidade de renunciar a ser ela mesma. A menina obediente, a adolescente virgem, a esposa fiel, a mãe abnegada... Nos ensinam que o amor é um sacrifício, que só podemos nos realizar nos entregando completamente, que só podemos ser plenamente mulheres se desaparecermos.

– A noção do feminino – ela leu as últimas frases se demorando um pouco mais em cada palavra – está irremediavelmente ligada à imolação.

Fechou o livro e sorriu com satisfação. Não apenas gostava do que dizia, como também gostava do som, do ritmo das palavras.

– Posso dizer uma coisa? – Inés indagou, fazendo-se de inocente, mas olhando para Magaly com uma ligeira intenção provocadora. Então, com ligeira teatralidade, tomou fôlego e começou. – Acho que tudo isso é um amontoado de clichês. Não há nada de novo, nada que outras pessoas não tenham dito, de uma maneira melhor, aliás.

Fez uma pausa, abriu o livro, mas Adriana não conseguiu se conter:

– Eu adorei o negócio dos peitos! – ela exclamou de repente, com um sorriso que parecia querer brincar e sair da sua boca.

A frase arruinou a solenidade e deu lugar a uma breve confusão em que todas falaram ao mesmo tempo, compartilhando precisamente aquele fragmento do livro. Estava em um capítulo dedicado ao tema da beleza, dos padrões de beleza, da relação de cada mulher com seu próprio corpo, e do que Alma Briceño denominava "insegurança aprendida" dentro do universo feminino. O livro contava a experiência de uma moça de vinte e dois anos obcecada com a forma de seus seios. Sentia que seu seio esquerdo era irregular, desigual demais, o mamilo parecia apontar de modo extravagante para cima e para fora.

– Peitos vesgos – disse Adriana, segurando o riso. – Os da minha irmã eram assim.

Depois de passar por uma série de peripécias engraçadas e tristes, a moça acabava forçando sua família a se endividar para que ela pudesse fazer uma cirurgia e obter seios artificiais, comuns e simples, como todos os seios postiços. A partir daquele caso, Alma Briceño aproveitava a oportunidade para formular algumas interrogações sobre o corpo das mulheres, sobre a definição do belo, do desejável, do verdadeiramente feminino. No final, como em todos os finais de todos os capítulos, o livro propunha um ou mais exercícios, de diferentes tipos, desafiando quem o lia, convidando a prolongar a leitura de outra maneira.

– Vocês fizeram? – Teresa perguntou, curiosa.

Todas se olharam e negaram com a cabeça. Apenas Inés sentenciou: claro que não.

– Não vejo problema – disse Leonor.

– Por favor! – resmungou Inés.

– Nem eu – comentou Teresa, enquanto deixava o livro de lado e começava a desabotoar os botões da blusa.

Magaly olhou para elas, espantada. Adriana parecia paralisada, não sorria.

O exercício sugeria ficar de pé perto de um espelho. Olhe para seus seios, escrevia a autora. Mas olhe para eles com outra visão, de outro modo. Sem os comparar a nada. Tente sentir que é a primeira vez que você olha para eles. Como eles são? Toque neles. Suavemente. Com carinho. Pense que eles não são seus. É o contrário: você é deles. Eles também são sua identidade. Olhe outra vez e tente descobrir neles algo original, diferente. Talvez o que você via antes como um erro agora possa ver mais como um milagre, é o seu milagre pessoal, tão pessoal quanto a sua voz ou o seu nome. No final, ela dizia que o exercício também podia ser feito com uma amiga ou em grupo, que cada uma podia descrever como eram os seios das demais. O corpo deve ser oxigenado, ressaltava Alma Briceño. É preciso compartilhar nossos olhares sobre ele, devemos desmistificar a tirania da perfeição feminina. Coragem!

– Não posso acreditar que vocês estejam levando isso a sério – balbuciou Inés, enquanto via como Leonor e Teresa, com sorrisos cúmplices, começavam a tirar suas camisas e a desabotoar seus sutiãs. – Por favor! Isso é para adolescentes

– alertou. Depois, olhou para a garrafa de vinho e, mais nervosa, concluiu: – Estão bêbadas, caralho.

Não estavam bêbadas. Teresa e Leonor olharam para Magaly e Adriana. Teresa sorriu, minimizou a importância do momento.

– É outra coisa – ela disse. – Pensem nisso como um jogo.

– Também não vamos forçá-las – esclareceu Leonor.

– Eu vou ao banheiro – resmungou Inés –, não quero ver isso.

Magaly lhe indicou onde ficava. Ao voltar, explicou às outras que entendia o exercício, mas que sentia vergonha. Não sou mais uma menina, ela disse.

– Mas é exatamente disso que se trata, que você se reconcilie com seu corpo.

– Não estou brigada com ele – disse Magaly.

– Mas sente vergonha.

Magaly sorriu. Olhou para Adriana, que havia permanecido tensa, mais retraída que de costume.

– Não contem comigo – murmurou.

– Só um pouquinho! – exclamou, Teresa, sorrindo: – Mesmo que seja só para amolar Inés um pouco. Ela está insuportável.

Aquele argumento as tentou um pouco mais. Talvez tenha sido o mais convincente. Leonor acrescentou que elas não tinham de fazer o exercício completo, que não iam se tocar. Magaly hesitou por um segundo, mas depois abriu um sorriso e cedeu. Começou a puxar a blusa para cima, para tirá-la. Adriana permaneceu tensa, imóvel. Teresa olhou para ela com espanto.

– Qual é o problema com você? – perguntou. – Achei que você ia ser a primeira a tirar a camisa. Está com medo?

– Não estou com medo – disse Adriana.

– E então?

Adriana só hesitou por um segundo. Viu Magaly desabotoando o sutiã e se decidiu, embora seu rosto ainda estivesse endurecido. Começou a desabotoar a camisa quando Inés estava voltando do banheiro.

– Puta merda – ela murmurou, enquanto se aproximava –, que patéticas!

Mas as outras nem a ouviram. O clima da reunião tinha mudado em um segundo. Todas observavam Adriana, que estava deixando seus seios à mostra. Uma das taças do seu sutiã estava cheia de algodão. No lugar do seu seio esquerdo havia uma cicatriz. Todos os semblantes estavam pasmos. Inés se sentou em silêncio. Teresa baixou a cabeça, consternada. Leonor estendeu a mão e a pousou no ombro de Adriana.

– Fiz uma cirurgia há dois anos – ela disse, com a voz um pouco rouca. – Estou esperando a prótese chegar.

– A gente não sabia – Magaly se sentiu compelida a oferecer um pedido de desculpas em nome de todas.

Inés suspirou e meneou a cabeça negativamente. Adriana foi se tranquilizando pouco a pouco e de repente começou a sorrir. Percorreu com os olhos os seios das demais.

– Agora estou me sentindo melhor – comentou. – Se não tivéssemos feito este exercício, talvez eu nunca lhes contasse isso – acrescentou.

E para espanto de Inés, elas começaram a conversar, com cada vez mais naturalidade e fluidez, sobre o assunto. Adriana desabafou e lhes contou todo o processo de sua operação. Mostrou sua cicatriz, disse-lhes como a mudança também afetara seu marido, falou sobre como ela mesma ainda tinha dificuldade em digerir o que tinha acontecido, como era difícil olhar para si mesma e aceitar que aquela lacuna era sua, que ela também era aquela cicatriz.

Em algum momento da conversa, Betty se aproximou. Trazia nas mãos uma bandeja com dois pratos: em um havia bolachas salgadas; no outro, palitos de cenoura e de aipo, acompanhados por um molho de rabanete. Ao vê-las assim, ela estacou. Não soube o que fazer. Não soube para onde olhar. Depois de alguns instantes, só conseguiu dar meia-volta e retornar o mais rápido possível para a cozinha.

(O Chuveiro de Heráclito)

Sebastián havia tentado de tudo. Tinha até se encontrado com a antiga terapeuta de sua mãe, tentando descobrir se ela tinha alguma ideia, se sabia alguma coisa sobre o clube de leitura. Infelizmente, ela não sabia de nada. Disse que pouco depois de entrar no clube, Magaly tinha deixado de ir às sessões semanais com ela. Nunca mais voltou a vê-la.

Ninguém da família estava ciente do que sua mãe fazia ou deixava de fazer às quartas-feiras naquele grupo de mulheres. Sua tia Isabel, depois de ouvir o relato, minimizou sua importância, dizendo que o mais provável era que aquela Anahí Rosales estivesse mal da cabeça.

Também não conseguiram falar com ela novamente, depois daquele primeiro encontro, Anahí Rosales rejeitou qualquer outra possibilidade de aproximação. Recusou-se terminantemente a recebê-los, sem mais explicações. Sebastián e Elisa conseguiram entrar em contato com o resto da família, mas só obtiveram pistas erráticas e contraditórias. A mãe de Teresa disse que ela lhe telefonara de Cuenca havia duas semanas. Cuenca fica no Equador, ela sentiu necessidade de esclarecer, e depois acrescentou: eu mesma tive de perguntar, não sabia onde ficava. Uma prima garantiu que três meses antes Teresa lhe enviara por telefone uma foto em que ela aparecia, sorrindo e ao lado de uma amiga, em frente à igreja de Saint-Sulpice, em Paris. Um tio assegurou que na verdade Teresa estava em Montreal. Disse que há seis meses eles tinham trocado mensagens, ela estava pedindo uma referência para uma questão de documentos, do seu visto. Mas concretamente ninguém sabia de fato o que havia acontecido com ela, onde ela realmente estava, se era possível localizá-la ou entrar em contato com ela. Há pouco menos de um ano, Teresa parecia ter evaporado.

Sebastián se sentia frustrado e estava cada vez mais ansioso. Achou que haviam chegado a um beco sem saída, que estavam encalacrados, sem ter aonde ir. Naquela tarde, ele andava de um lado para outro como se o quarto do apartamento fosse aquele beco sem saída. Elisa, sentada no sofá, seguia-o com o olhar. Já tinham gastado muitas horas tentando imaginar outra opção, uma saída. Elisa achava que talvez ele estivesse exagerando, que não era preciso fazer tanto drama quanto à situação. O que cinco senhoras de um clube de leitura podiam estar fazendo? Que perigo podiam esconder? Que pecado podiam ter cometido? Sebastián ficou mal-humorado. Disse que já tinha de ir embora, levantou-se, como se estivesse para sair. Mas então tentou levá-la para o quarto, deslizou a mão por baixo do cinto, apertou uma de suas nádegas, beijou-a várias vezes, querendo desabar em sua boca, até que Elisa se desprendeu, cruzou os braços, impondo distância, e disse que não.

– Qual é o problema?

Ela sorriu.

– Você não quer trepar comigo. Você quer trepar.

– Não estou entendendo. Qual é a diferença?

– Se você fosse mulher, saberia.

Então ela olhou para a virilha dele e, sem deixar de sorrir, acrescentou, com cumplicidade.

– Você está nervoso, tenso, quer pôr e tirar na louca, mas nada além disso.

– Você vai começar a filosofar? – disse Sebastián, abrindo os braços.

Elisa foi até a porta e lhe disse que a desculpasse, que ela realmente não estava a fim.

– Hoje eu estou em outra vibração.

Outra vibração? – a pergunta estalou em sua língua. Mas ele não a deixou sair. Ficou em silêncio. Aproximou-se da porta. Ela pediu desculpas e de novo disse não, ou o contrário. Mas Sebastián entendeu que precisava lidar com uma breve frustração. Já tinham ficado juntos várias vezes, ele nunca mais quisera fazer qualquer menção ao suposto namorado de Elisa, tudo parecia estar bem, pelo menos até aquele momento, até aquele momento que lhe parecia insuportável. Por quê? Deu alguns passos, sua respiração parecia trepidar dentro do corpo. É uma das experiências mais frequentes da vida e, no entanto, é muito difícil de controlar. Na escola, em vez de matemática, deviam ensinar como administrar as rejeições.

– É por causa do seu namorado? – ele parou de repente e perguntou, irritado.

Elisa sorriu e disse que não tinha nada a ver, que na verdade naqueles dias ela estava um pouco enrolada com uma velha amiga da universidade que havia retornado ao país. Elas tinham se encontrado algumas vezes e já haviam se beijado e ficado juntas. Ela ia encontrá-la naquela noite e achava que talvez pudesse rolar alguma coisa mais intensa.

Sebastián ficou sem vogais. Não soube o que dizer. Sua boca, de repente, estava cheia de consoantes. Não havia como pronunciar nada. Só podia cuspir letras.

– Estou me sentindo atraída por ela – concluiu Elisa.

Quando finalmente conseguiu organizar uma frase, Sebastián tentou murmurar algo sobre a bissexualidade. Elisa disse: não seja antiquado. Ele então disse que não era uma questão de ser antiquado, era uma questão de sexo, de pênis e vaginas, que ele queria saber no que poderia se basear. E ela disse: não dá para se basear em nada. A atração é assim. O desejo não é sempre o mesmo. E depois também disse que categorias como homossexualidade e heterossexualidade tinham caducado. Que falar naqueles termos era tão antiquado quanto falar sobre *videocassetes* ou *betamax*. E concluiu referindo-se a Heráclito, à importância da filosofia, à constatação de que ninguém se banha duas vezes no mesmo rio. Para Sebastián, a referência parecia uma tolice desnecessária, pura pose. E disse a ela o que pensava. Ela disse que talvez, que podia ser, e se dirigiu à porta tranquilamente.

– O que estou tentando lhe dizer – ela comentou, antes de sair – é que a gente nunca é igual. Você não gosta de comer a mesma coisa sempre, não é? Você também não dorme todas as noites na mesma posição, do mesmo jeito. Bem, a mesma coisa acontece com o sexo. Isso acontece com tudo.

E foi embora.

Sebastián teve de tomar banho porque estava na hora: eram seis da tarde. O chuveiro costuma ser um lugar de revelações. Aquela chuva particular pode se transformar num método eficaz de produção de conhecimento. Estar nu debaixo de um chuveiro às vezes é uma surpreendente experiência epistemológica. Quando enxaguava apressadamente o sabão e tentava não pensar em Elisa e em sua amiga juntas ali com ele, subitamente, sob aquele fio de água que também não era nunca o mesmo, Sebastián de repente lembrou que Teresa Rosales tinha estado presa, magra e suja, como se não tivesse tomado banhado por anos, conforme havia dito sua irmã Anahí. Naquele momento, entendeu que havia uma saída, uma possível nova pista.

Naquela mesma noite, localizou pela internet Andrés Paredes, um dos diretores da organização de advogados que atendia as pessoas que haviam sido detidas e encarceradas pelo Alto Comando. Ligou para ele e, à primeira chamada, ativou-se uma secretária eletrônica que, sem qualquer tipo de saudação, convidava a deixar uma mensagem. Sebastián quase pronunciou seu nome e seu número, mas depois desligou imediatamente. No fim da noite, ouviu o uivo opaco de uma sirene policial.

No dia seguinte, foi com o carro de sua mãe à sede da organização. Não ligou para Elisa, não a avisou. Queria se libertar, era o que pensava, era o que repetia para si mesmo.

Odiava intuir que ela talvez só estivesse brincando com ele. Quem era ela de fato? Era real aquela suposta liberdade com que ela vivia sua sexualidade? Ela realmente tinha um namorado que não se importava se ela fizesse sexo com outros homens? Com outros homens e com outras mulheres: aquilo também era verdade? Ou ela estava apenas se exibindo para ele? Ou aquilo podia ser uma simples estratégia de sedução? Ou talvez, ao contrário, uma tática para afastá-lo? Quem era Elisa? O que ela sentia? Cogitou que talvez, se eles não tivessem ido para a cama, nada daquilo estaria acontecendo. Eles seriam amigos, tão próximos quanto inofensivos, tentando ajudar um ao outro. A vida sem desejos é muito chata. Isso era verdade. Mas por que o sexo tinha de ser tão importante? Por que, em vez de ser um episódio qualquer, tinha sempre que se transformar numa definição?

A sede da organização era um pequeno escritório sem janelas no térreo de um shopping center onde grande parte das lojas estavam desocupadas. Caminhou por vários minutos ao lado de vitrines vazias. A porta estava identificada apenas com um número, mas dentro havia bastante movimento, várias pessoas estavam lendo documentos, organizando papéis. Foi atendido por um jovem, que de saída o avisou que não era advogado: estudava antropologia, mas ainda assim trabalhava como voluntário para a organização. Sebastián explicou o que estava procurando: qualquer informação sobre Teresa Rosales, uma mulher que eles tinham ajudado a tirar da prisão há algum tempo.

Eles rapidamente a localizaram. Os registros estavam organizados e atualizados. Uma foto de Teresa Rosales apareceu na tela. Havia também seu histórico, uma cópia de sua ordem de soltura e outros documentos legais, todos relacionados ao seu processo judicial. Sebastián verificou se havia algum dado mais pessoal, qualquer sinal que pudesse ajudá-lo a encontrá-la. Pela primeira vez, o jovem olhou para ele com desconfiança e se mostrou um pouco desconfiado. Sebastián improvisou, disse a primeira coisa que lhe veio à mente, que estava fazendo um documentário sobre mulheres presas injustamente, que Teresa Rosales não estava mais no país e que ele estava tentando encontrar pessoas que a tivessem conhecido. O jovem então assentiu e pesquisou num arquivo mais privado.

– Aqui está um nome e um número – ele disse, sem tirar os olhos do monitor. – É de um escritório de advocacia. Você tem onde anotar?

(Violência na Cama)

Leonor Manrique manteve durante vários meses um relacionamento com Diego Ponte. Era um relacionamento secreto e perturbador. Diego não apenas era casado: era também seu chefe. Tudo ruim, Leonor costumava repetir para si mesma de vez em quando, como um mantra, como se soubesse de antemão que aquele vínculo estava destinado a se transformar num grande sofrimento. Tudo começou quando ela foi selecionada como secretária do conselho da empresa. Na época, Diego era o diretor executivo. Ele lhe deu a notícia e, ao mesmo tempo, com uma leve sugestão galanteadora, fez notar que ele, pessoalmente, havia sido o fator determinante naquela decisão. Mais do que temerosa de que seu novo chefe estivesse tentando lhe cobrar um favor, Leonor ficou enfurecida por Diego ter arruinado sua alegria em conseguir aquela promoção. Com um simples comentário insinuante, ele tinha enxovalhado seu orgulho, tinha transformado uma vitória pessoal numa chantagem. Indignada, ela disse aquilo para ele. Diego ficou perplexo e rapidamente corrigiu seu erro, virou as palavras do avesso, pediu desculpas várias vezes, espremeu o que acabara de dizer até demonstrar que era tudo um simples e estúpido mal-entendido; que evidentemente

Leonor tinha todos os méritos profissionais e havia ganhado por conta própria aquele cargo, que assim o reconheciam todos os membros do conselho, que lhe desculpasse, que era culpa sua, que havia sido um erro involuntário, que ele – tão idiota, tão desajeitado, tão tudo – quisera aproveitar a oportunidade para lhe fazer um elogio, mas que, por nada neste mundo, ela devia pensar que era uma proposta sexual ou uma asquerosa extorsão.

E para reparar o mal-entendido, ele a convidou para jantar.

Três semanas depois, beijaram-se pela primeira vez. Foi depois de saírem do escritório. Diego e ela, depois de uma reunião do conselho, ficaram mais meia hora preparando a ata e ajustando alguns dados. Depois ele se ofereceu para deixá-la em casa. Ela nunca tinha feito aquilo antes e, em vista do convívio diário e de dois ou três jantares num restaurante nas proximidades, Leonor já havia relaxado seu sistema de defesa e tinha entrado numa relação cada vez mais cordial e estreita com ele.

Ela recusou. Diego insistiu. No fundo, Leonor sentia um pouco de vergonha de ele ver onde ela morava. Um carro alemão com motorista podia ser uma extravagância naquelas ruas do centro da cidade. Diego insistiu tanto que continuar recusando começou a soar como uma rejeição, uma ofensa. Ela disse que sim. E então, para sua surpresa, Diego pediu para o motorista ir embora e se colocou ao volante. No caminho para o centro, ele falou sobre o seu primeiro equívoco, com embaraço, mas também com afeto, como um homem tímido que finalmente se arrisca a ser ele mesmo. Também lhe confessou então que havia uma origem real no que acontecera, que sempre se sentira atraído por ela. Pediu desculpas, mas era verdade: Leonor, eu gosto muito de você, ele disse. Leonor, muito nervosa, disse apenas: é aqui. Porque era ali. Porque eles já estavam em frente à fachada do velho edifício onde ela morava. Os freios alemães passaram despercebidos. O carro parou como se estivesse pousando na rua. Diego olhou para ela, à espera de alguma reação. Leonor não sabia o que dizer e disse: não sei o que dizer. E também disse: eu estou nervosa. Diego então sorriu e se aproximou e suavemente a beijou nos lábios. Quase como se tivesse ensaiado aquele gesto. Como se o tivesse copiado mil vezes de um filme. Mas Leonor não pensou daquela forma. Pensou que era um detalhe terno e romântico. Desceu apressada, balbuciando algo como um boa-noite e caminhou até a porta do edifício sem olhar para trás.

A partir de então, eles se tornaram amantes. Ou pelo menos era o que Leonor achava. Diego era mais prático. A partir de então, eles começaram a fazer sexo. Era o que ele achava. No início, com a emoção da novidade e a urgência do segredo, tiveram encontros intensos, excitantes. Encontravam-se num hotel de luxo ao meio-dia ou, às vezes, também no fim da tarde. Diego não era muito bom na cama, se mexia pouco e sem muita graça, não estava atento ao prazer que ela podia ou desejava sentir, mas era um homem carinhoso e elegante. Assim compensava suas lacunas. Pouco a pouco, no entanto, tudo foi mudando. Com o tempo, até a clandestinidade se torna uma rotina. E Diego começou a ser, cada vez mais, o homem que ele realmente era. Deixaram de frequentar o hotel de luxo e de se encontrar em restaurantes. Diego achava perigoso. Começou a querer resolver seus encontros no escritório, depois do expediente, e reproduzindo, às vezes de forma infantil, algumas estereotipadas fantasias de filme pornô. Teimava, por exemplo, para que Leonor entrasse debaixo da sua mesa e lhe fizesse uma sessão de sexo oral. Também alugou um apartamento perto do escritório. Não era particularmente bonito nem ficava no melhor edifício do bairro. Muito pelo contrário. Era um estúdio com uma cama de casal, uma televisão grudada na parede, uma pequena cozinha com um fogareiro e uma geladeirinha onde Diego deixava gelo e uísque. Nada além disso. Começou a ser um hábito encontrarem-se ali. Leonor estava cada vez mais desanimada, frustrada. Sentia que já não tinha um amante, e sim um marido. Diego chegava cansado no apartamento, nem tomava banho, preparava uma bebida, ligava a televisão e esperava que ela fizesse todo o resto.

O resto: uma massagenzinha, carícias, um afagozinho aqui, um boquete, vira pra lá, mexe um pouco mais, me chupa aqui também, assim não: mais devagar, assim não: mais rápido, eu quero gozar na sua boca.

Até que Leonor perdeu o controle.

– Não contei antes porque tinha vergonha – disse Leonor.

E baixou a cabeça. Estava claramente envergonhada. Todas as demais olharam para ela com preocupação. Era uma sexta-feira e estavam numa reunião de emergência no apartamento de Inés.

– O que aconteceu com o telefone? – Magaly perguntou, depois de uma pausa que Leonor não parecia muito disposta a quebrar.

Antes de falar, ela suspirou longamente. Suas mãos estavam juntas e todos os dedos pareciam se apertar. Com muita força.

– Não notei nada. Não sei como não notei. Foi numa das vezes em que a gente se encontrou no apartamento. Diego me filmou.

O silêncio se expandiu com todo o seu peso entre as cinco mulheres. Elas se olhavam de soslaio, disfarçadamente. Leonor continuou a falar, com o olhar enevoado.

– Ele não aparece. Só eu – ela disse. – Chupando o pau dele – acrescentou, com a voz quebradiça, pesarosa.

O clube de leitura continuou em silêncio.

– Deve durar menos de um minuto – depois de uma pausa, Leonor voltou a falar. – Mas isso foi mais do que suficiente.

– Não estou entendendo – disse Inés. – O que Diego fez com esse vídeo?

Leonor levantou a cabeça e lhes contou tudo. Tinha acontecido há apenas alguns dias. Ela chegou um pouco atrasada à reunião do conselho da empresa. Quando entrou na sala de reuniões, imediatamente sentiu algo estranho. Não sabia como descrever, mas era uma energia especial. Todos estavam olhando para ela, alguns com uma expressão particular. Um deles parecia não conseguir conter um sorriso atrás dos lábios. Ela pediu desculpas pelo atraso, fechou a porta, dirigiu-se ao lugar que sempre ocupava, ao lado do diretor. Enquanto caminhava, voltou a sentir o peso de todos os olhares sobre seu corpo. Estava usando um vestido cinza mais ou menos justo. Começou a ficar nervosa, não entendia o que estava acontecendo. Diego pigarreou ao lado dela. Os dois se olharam, ele sorriu. Boa tarde, Leonor, disse, num tom que naquele momento lhe pareceu jovial, mas que depois ela considerou ultrajante. Ela acenou com a cabeça e respondeu à saudação, enquanto abria o computador e começava a procurar a ata da reunião anterior.

– Tem quantos homens nessas reuniões? – Teresa perguntou.

– Não importa quantos – respondeu Leonor. – Todos lá são homens. Eu sou a única mulher.

– E o filho da puta tinha passado o vídeo pelo telefone para todos eles?

Leonor moveu a cabeça.

O que aconteceu na reunião pode ter duas leituras. A primeira, a partir da inquietação de Leonor, perplexa e nervosa por não saber ao certo o que estava acontecendo; a segunda, mais tarde, quando ela já sabia que cada um dos presentes tinha ao alcance imagens dela, nua, entregue a uma felação. Cada comentário, cada frase, cada esgar... assumia um significado diferente na segunda leitura. O olhar de Luis Andrés Pardo, que a princípio parecia exprimir um interesse curioso, depois era apenas uma piscadela nojenta e libidinosa. Os comentários do jurista Sandro Gómez, sobre a importância da língua, ditos repetidamente e sem relação com o assunto, adquiriram outra dimensão naquela segunda leitura.

– Foi o pior dia da minha vida.

Estavam todas rijas.

– Como você descobriu?

Quando a reunião terminou, ela continuou sentada, anotando as últimas coisas, enquanto todos iam saindo, a maioria se despediu com gentileza (primeira leitura), embora mais tarde ela tenha entendido que era apenas sarcasmo (segunda leitura). Antes de Diego sair, Leonor o deteve. Estavam sozinhos, mas ela ainda se sentiu compelida a baixar a voz. Perguntou se ele sabia o que estava acontecendo, tinha sentido algo estranho durante toda a reunião, não entendia bem se era ou não com ela. Diego sorriu calorosamente e lhe disse para não se preocupar com nada, que não tinha nada a ver com ela, que estava tudo bem. Deu-lhe um beijo rápido na boca e saiu (primeira e segunda leitura). Naquela mesma tarde, quando estava guardando suas coisas antes de ir para casa, uma das estagiárias que muitas vezes andavam pelo escritório se aproximou dela. Geralmente, eram moças ou moços que estavam no último ano de faculdade e passavam alguns meses estagiando na empresa.

– O nome dela é Jenny – disse Leonor, e olhou para Inés. – Ela trabalha com o doutor Arismendi.

Inés não disse nada. Tinha ouvido tudo com uma expressão pétrea, seca. Conhecia muito bem aquele escritório, podia imaginar cada detalhe da narrativa com muita precisão.

Como costuma acontecer nesses casos, um dos gerentes mostrou o vídeo para o resto de sua equipe. Todos riram e prometeram não comentar nada com ninguém. Mas um dos advogados da equipe, talvez com um pouco de culpa ou com intenção de ganhar sua confiança, depois de convidá-la para sair, contou tudo à estagiária. Jenny ficou chocada, mas jurou que não revelaria o segredo. Naquele mesmo dia, ela esperou o horário de saída e então, disfarçando, esperou mais um pouco, até que observou que Leonor começava a guardar suas coisas. A estagiária estava nervosa, indignada. Aproximou-se e, sem qualquer preparativo, disse: você tem que deixar aquele homem. Leonor não entendeu. E fez cara de que não entendia. Jenny disse sinto muito, mas também sinto muita raiva. Você precisa saber. E Leonor, com a mesma perplexidade, mas mais preocupada, perguntou saber o quê. E Jenny disse você tem de saber sobre o vídeo. É melhor você se sentar.

Leonor contou como tinha permanecido durante todo o caminho com o choro preso na garganta. Não queria chorar no metrô. Foram sete estações, uma após a outra, evitando explodir e transbordar. Por sorte, o vagão em que seguia estava com uma falha elétrica e, em algumas estações, ficou sem luz. Preferia o risco das sombras ao constrangimento. Sentia-se transtornada e não sabia como aguentar, como se manter impassível. Não conseguia parar de pensar no que acontecera, na reunião, no vídeo, em Diego... Sentia pontadas dentro da cabeça. Sentia um colapso de fios debaixo do cabelo. E as lágrimas ali, empurrando a sua língua, querendo derrubar suas pálpebras, tentando esgueirar-se pelo nariz. Apertava a bolsa contra o corpo, como se fosse um salva-vidas.

Quando saiu à rua, estava tonta. Deu um passo em falso, teve que se apoiar num muro. Nunca se sentira tão vulnerável. Pensou que aquilo era a coisa mais próxima de uma violação física que poderia existir. Depois pensou que não, que aquilo também era de alguma forma uma violação física. Depois não pensou mais nada e começou a chorar. Era impossível represar tanta dor. Avançou tateando até o seu prédio, trancou-se em seu apartamento, deitou-se na cama, não chamou ninguém. Passou várias horas deitada, com o rosto afundado no travesseiro. Nunca havia sentido tanta violência. Mordeu a parte de dentro das bochechas. Não soube como nem em que momento adormeceu. Mas foram poucas horas. Às três e vinte da manhã, um pesadelo a despertou. Não conseguia se lembrar qual era o sonho, mas foi sacudida pelo susto e acordou como se estivesse sufocando, com a sensação de que tinha de escapar de um túnel. Foi até a geladeira, bebeu direto do jarro. Sentou-se numa poltrona, viu sobre a mesa o livro de Alma Briceño.

– Lembrei na hora da discussão que tivemos na casa de Magaly. Lembram?

As outras disseram que sim. Tinha sido a quarta-feira mais longa na história do clube. Fizeram de tudo, falaram de tudo.

– Lembrei daquele negócio do cheiro.

No capítulo sete do seu livro, Alma Briceño aponta que uma das diferenças fundamentais entre homens e mulheres é o olfato. Os homens não têm. Ou têm muito atrofiado. Ou têm, mas simplesmente não serve para eles, não funciona da mesma maneira. É um sentido sem bússola, sem direção. Em contrapartida, a mulher se move também pelos cheiros. Isso atravessa de forma tangencial toda a dimensão do feminino. Não deixa de ser interessante – ela dizia – que uma das utopias femininas mais comuns é ter um banheiro próprio, não se verem obrigadas a dividir o banheiro com um homem, mesmo com o homem que amam. Para muitíssimas mulheres, essa é a definição de paraíso.

Alma Briceño também propunha o olfato como um elemento essencial no desejo feminino. Trata-se de uma dimensão que não está presente da mesma forma no universo masculino. Não tem a ver apenas com os corpos. Tem a ver com tudo. Os homens precisam entender que às vezes o nariz pode ser tão importante quanto o clitóris, ela dizia numa frase em destaque no meio da página. A autora indicava que era provável que uma das razões, entre outras, que podia explicar o escasso fascínio das mulheres pelo gênero pornô era o olfato. Uma orgia não é apenas uma orgia, é também um monte de suores e secreções, um tráfico de cheiros. A promiscuidade também é uma questão de aromas. Em qualquer filme XXX, onde os homens só veem imagens, as mulheres também veem cheiros.

– Mas por que você se lembrou justamente dessa parte?

– Não sei. Mas foi assim. E comecei a reler o livro e não percebi a hora. Eram sete da manhã e eu ainda estava lá.

– Você foi trabalhar nesse dia?

– Você devia ter inventado uma desculpa, devia ter dito que estava doente.

– Não. Não queria que ninguém suspeitasse de nada. Eu estava mais calma.

– Não acredito!

– Queria me vingar. Sentia ódio, mas estava mais calma.

– E então? O que você fez?

– Ele me enviou uma mensagem de texto pela manhã. Respondi como se nada tivesse acontecido. Ele me perguntou se a gente se encontraria naquela noite. E eu disse que sim, que a gente se encontraria naquela noite no estúdio, como de costume.

Teresa sorriu e se inclinou para a frente. Adriana aplaudiu, admirada. Magaly apenas sorriu, discreta.

– Esperem – disse Inés, certa de que era a única que já conhecia o fim da história. Era ela quem havia convocado aquela reunião em caráter de urgência.

As outras não entenderam o tom que Inés usou ao dizer aquela palavra. Também ficaram surpresas com a troca de olhares que houve depois entre as duas. Mas Leonor continuou contando: ela tomou banho e pôs uma lingerie fina, azul, que ela sabia que Diego adorava. Vestiu uma saia estampada e uma blusa branca. Maquiou-se com esmero e foi para o escritório. Passou todo o dia fingindo simpatia e bom humor. Quando elas se cruzaram no banheiro, Jenny fitou-a com surpresa. Leonor se comportou como se a estagiária nunca lhe tivesse dito nada. Tratou-a até de modo mais formal. Ignorou os olhares picantes da maioria dos homens do escritório, os cutucões e os comentários em voz baixa quando ela passava perto. Agiu como se nenhum deles existisse. Para sua sorte, Diego teve reuniões fora do escritório o dia todo, e não chegaram a se encontrar. À noite, quando ele abriu a porta do estúdio, Leonor já estava lá, deitada na cama, de calcinha e sutiã, assistindo televisão.

– Quer que eu lhe sirva um uísque, papai? – ela perguntou.

– Você o chamou de papai? – Teresa quase soltou uma gargalhada.

– Eu estava com muita raiva. Vocês lembram aquela parte do livro, quase no final, quando Alma Briceño fala sobre deixar sair a raiva?

Inés bufou e olhou para o outro lado. As demais assentiram.

– Eu tinha pensado muito sobre aquilo. Nós somos sempre submissas. Sempre aceitamos tudo. "As Mulheres Sempre Perdoam", é assim que se chama aquele capítulo. Naquela manhã, aquelas palavras me atingiram de um modo especial. Tem umas linhas, antes dos exercícios, não sei se vocês lembram, umas linhas em que ela diz que é suspeito que no mundo haja tantos assassinos homens e tão poucas assassinas mulheres. E ela até mostra algumas estatísticas.

– Lembro bem – assinalou Magaly.

– Lembra? E você lembra quando ela diz que o silêncio das mulheres pode ser tão violento quanto um crime, quando ele diz que nós, mulheres, somos violentas, mas em relação a nós mesmas, nos sacrificando?

– Não estou entendendo – disse de repente Adriana, com certo temor. – O que você queria fazer? Qual era o seu plano?

– Agora acho que foi uma coisa infantil. Eu só queria dar o troco. Meu telefone estava escondido em um local estratégico, apontando para a cama. Eu queria gravá-lo, queria que ele fizesse papel de bobo, queria lhe dar uma lição. E para isso eu estava disposta a chamá-lo de papai, pápis, papaizinho, qualquer coisa. Para isso eu estava disposta a qualquer coisa.

Leonor lhe serviu um uísque, com pouco gelo, só dois cubos, do jeito que ele gostava. Começou a agir de forma sensual, sedutora, disse-lhe que naquela noite se sentia como uma fera, tentou até rugir um pouco. Diego achou divertido, tirou a roupa e se sentou na cama, convidando-a a se ajoelhar e lhe pagar um boquete. Leonor sorriu, virou para trás, e enquanto fingia procurar alguma coisa, ligou a câmera do celular e voltou com algemas e um chicotinho de couro, disse que queria algo diferente naquela noite. Diego riu, colocou a mão em suas nádegas e a puxou para si, com força.

– Foi aí que todo o meu plano começou a desandar – disse Leonor. Suspirou. – Eu devia ter parado naquele momento. Mas não parei.

Ela só queria gravar um vídeo em que ele apareceria numa posição humilhante, ridícula; queria gravá-lo, enviá-lo para a esposa dele, distribuí-lo no escritório, pedir demissão e dar o fora. O Diego que estava nu na cama não era mais seu amante, não significava mais nada. Ele tinha desaparecido abruptamente. Só restava um homem. Um homem com um cheiro terrível. Cheiro de homem. De corpo, de suor, de rua, de uísque. Um cheiro de homem desconhecido, estranho, de qualquer um. Diego de repente a apertou, tentou beijá-la, colocou a mão no seu sexo. E começou a ficar vulgar, a falar sujo.

– Acho que ele pensou que aquilo era legal. Ou afetuoso. Ou que talvez me excitasse.

Mas à medida que o ia ouvindo, Leonor sentia que sua perturbação ia crescendo. Um calor vertiginoso subiu do seu sexo à sua garganta. Não aguentava ouvi-lo.

– Então você quer brincar, cadelinha? E essas algemas são pra mim ou pra você? Porque eu quero te amarrar na cama e te bater pra valer, cadela. Te bater de um jeito que nunca ninguém te bateu, você ia gostar, hein?

Sentiu sua excitação. Viu como ele tocava o pênis, querendo endurecê-lo. Logo imaginou aquele músculo ereto, abrindo caminho dentro dela. Sentiu tanto nojo.

–Vamos lá, gostosinha, o que você está esperando?

A garrafa atravessou o ar como se fosse uma pedrada de vidro.

– Não sei como eu fiz aquilo, não sei o que aconteceu comigo. Eu juro – Leonor não podia mais falar sem soluçar. – Naquela hora eu fiquei cega. Perdi a cabeça. Vi tudo marrom.

Tudo o que eu senti foi minha mão se esticando, agarrando a garrafa, puxando-a, movendo-se a uma velocidade terrível e batendo na cabeça dele. Ouvi os cacos de vidro e gritei. Ou acho que gritei. Senti que tinha um grito nos pulmões.

E depois ela continuou. Não conseguia mais parar. O primeiro golpe derrubou Diego e o deixou atordoado na cama. Ele balbuciou um minha vida, ainda estupefato, mas Leonor não podia mais se conter. O segundo golpe explodiu a garrafa contra o rosto dele. E ela bateu outra vez. Não conseguiu parar. Deixou cair a garrafa quebrada no rosto dele.

– Senti uma coisa quente encharcando a minha mão.

A cama estava cheia de sangue. A cor ocre do uísque e o vermelho do sangue rapidamente ocuparam o lençol. Diego estava inerte, com a boca aberta e o rosto cheio de cacos de vidro.

– Foi assim que de repente eu meio que recuperei a consciência, meio que voltei a ser eu de novo. E dei um grito e pulei para trás, espantada. Não podia acreditar no que eu tinha feito.

Adriana: quase sem respirar.

Teresa: atônita, paralisada.

Magaly: lívida.

Inés disse: Diego está morto, deitado na cama daquele apartamento. É por isso que eu convoquei o clube para uma reunião de emergência.

(O Passado Parado)

Sebastián foi ao escritório à procura de Inés Sánchez. Era esse o nome que a organização de advogados voluntários lhe havia fornecido. Informaram-lhe que Inés não trabalhava mais lá. Tinha deixado o escritório havia vários meses, com a última redução de pessoal. Sebastián sentiu que estava condenado a um périplo estéril, onde cada porto era apenas uma miragem. Explicou seu caso à secretária que o atendeu, pediu-lhe que por favor o ajudasse. A mulher se sensibilizou e disse que ia tentar investigar. Retornou depois de meia hora. Contou o que tinha conseguido mais ou menos verificar. Havia mais informações confiáveis nas fofocas de corredor do que nos relatórios oficiais.

– Como no resto do país – disse, e olhou com receio ao seu redor.

Sabia-se que o escritório havia realizado algum tipo de procedimento relacionado à soltura de Teresa Rosales, que Inés Sánchez tinha sido a encarregada de levar aquela conta e cobrá-la. Essa poderia ser a origem da relação entre as duas mulheres. Ela também lhe contou, baixando ainda mais a voz, a tragédia pessoal de Inés Sánchez. Talvez isso tenha sido um adicional, disse a secretária, como um comentário pessoal. Mas certamente se tratava de duas mulheres unidas pelo sofrimento, pela crueldade oficial do Alto Comando.

– Tudo o que posso lhe dar é isso – disse a mulher, esticando dissimuladamente a mão por cima da escrivaninha.

Na ponta dos seus dedos havia um pedaço de papel com um endereço escrito a mão.

– Boa sorte! – sussurrou, mantendo rígida a sua postura, mas sorrindo com grande cordialidade.

Porém não havia como se comunicar com Inés Sanchez. De acordo com uma vizinha, ela continuava morando no mesmo apartamento, no mesmo oitavo andar do mesmo prédio, mas nunca respondia quando batiam à sua porta.

– Ela está lá dentro, mas não abre – sussurrou a vizinha.

Sebastián tentou mais uma vez. Tocou a campainha várias vezes, um som de abelha encurralada ressoou dentro do imóvel. Então ele pensou ter ouvido alguns passos. Voltou a bater na porta de madeira, com golpes curtos, com os nós dos dedos. Nada. Tentou chamá-la pelo nome, sem dizer quem era, mas esclarecendo que só queria conversar a respeito de uma amiga comum. Mais uma vez, nada.

– É estranho. Mas obviamente essa senhora não quer falar com ninguém – disse Elisa.

O prédio onde a mulher mora – ele explicou – é meio abandonado. A vizinha me disse que metade das pessoas que viviam lá foi embora. Muitas saíram do país e outras saíram dos apartamentos porque simplesmente ficaram sem trabalho, porque não podiam mais pagar o aluguel, ou porque, mesmo sendo as donos, não conseguiam mantê-los, não conseguem pagar a taxa de condomínio nem os serviços mínimos do edifício.

Sebastián também lhe contou o que a vizinha havia lhe contado: que às vezes Inés Sánchez saía, mas que não falava com ninguém, que ia a algum lugar próximo ou cumpria alguma obrigação, voltava e se trancava novamente. A vizinha era uma senhora de idade, com cerca de setenta anos ou mais, ele esclareceu. Na verdade, todas as pessoas que ele tinha visto naquele prédio eram velhas. Mais do que um condomínio, parecia um asilo em estado de falência.

– Está assim em todo lugar – murmurou então Elisa, com um leve tom de crítica em suas palavras. – Quem pode ir embora vai, para qualquer lugar, prometendo que vai enviar dinheiro aos que ficam. E é isso. Aqui só ficam os velhos e nós, que não podemos ir a parte alguma.

Depois ela perguntou se não valeria a pena ficar naquele prédio, de guarda, esperando. Sebastián disse que a vizinha havia recomendado aquilo: ficar à espera, avisando-lhe que poderia ser por horas, que era até possível que Inés não saísse de casa naquele dia. Sebastián ficou esperando por um tempo, conversando com a vizinha. Perguntou se ela sabia alguma coisa sobre o clube, se Inés já tinha comentado qualquer coisa. A mulher não sabia de nada, não fazia ideia. Lembrava que, algum tempo atrás, algumas mulheres vinham visitar Inés. Mas ela sempre pensou que era um grupo religioso, achava que elas passavam a tarde rezando ou lendo a Bíblia.

Eles estavam numa produtora onde Elisa estava começando a editar algumas entrevistas do seu documentário. Era uma sala pequena. Os proprietários o alugavam a Elisa em troca de trabalho. Mas era uma boa oportunidade. Elisa tinha marcado o encontro naquele lugar. Eu quero que você veja uma coisa, ela havia dito. Sebastián estava fascinado por estar a sós com ela num lugar pequeno e um pouco escuro. Perguntou se ela tinha sentido saudade. Ela sorriu. Então ele disse que estava se apaixonando. Elisa mexeu nos controles, procurando a sequência que queria lhe mostrar. Nas telas à frente deles, as imagens se moviam em alta velocidade.

– Estou me apaixonando por você – disse Sebastián.

Ela estava apreensiva, evitava olhar para ele, concentrando-se ferreamente em suas ações. Até que por fim encontrou o trecho que estava procurando.

– Achei! – ela disse, e apontou com os lábios um dos monitores. – Veja só isso.

Sebastián sentiu que estava em um labirinto, que nada ia bem para ele, que simplesmente nada ia. Considerou que as mulheres preferem a sutileza, mesmo que seja cruel. Olhou para a tela sem dizer nada.

A gravação registrava uma conferência no centro cultural de um banco durante um colóquio intitulado Cultura e Loucura. Sebastián não conhecia o palestrante que estava falando, mas, de acordo com o que ele dizia, era um especialista no tema do suicídio. Mencionou um livro de Al Álvarez intitulado

O Deus Selvagem e citava com frequência casos de personagens famosas que haviam decidido tirar suas próprias vidas.

Sebastián se sentiu desconfortável e se mexeu várias vezes na cadeira.

– Espera – ela disse.

E então, em algum momento, a câmera abandonou o palestrante e se moveu em direção ao público, mostrando as pessoas que enchiam a sala e que, com semblantes apropriadamente sérios, ouviam com atenção a palestra.

Elisa parou a imagem com um movimento. Girou um botão e ampliou o ângulo superior esquerdo até que o rosto de Magaly Jiménez se desenhou perfeitamente na tela.

– Sua mãe estava lá.

Sebastián se inclinou para trás, empurrou com as costas o espaldar da cadeira. Inquieto, incomodado.

– E este evento aconteceu um ano e meio antes de ela se suicidar – acrescentou Elisa, num tom suave, prudente.

Sebastián continuou olhando, tenso, para o rosto de sua mãe paralisado no monitor.

– Juro que não faço isso por mal – disse Elisa.

– Por que então você faz isso? – ele perguntou, irritado, olhando para ela.

Elisa hesitou por um momento, olhou para a tela, ponderou, depois voltou o olhar de volta para Sebastián.

– Não sei. Talvez para que você saiba. Para que saiba que não foi por causa de algo que aconteceu, que você fez ou deixou de fazer. Talvez sua mãe estivesse pensando em se matar há muito tempo.

(Trabalhos Femininos: Limpar os Restos)

Elas se organizaram assim: a primeira coisa era dar um jeito em Diego. Tratava-se de uma tarefa rude, repugnante, mas indispensável. Leonor, enquanto isso, devia realizar uma tarefa mais elegante, mas igualmente imprescindível: simular sua inocência.

Não foi fácil chegar àquela decisão. Antes, elas discutiram por mais de duas horas. Leonor não tinha cometido um crime? Será que não devia pagar por isso? Não era esse o desenlace justo, legal, decente? Onde estava a ética daquelas mulheres? Ou estavam pensando que matar não era algo ruim, ou algo tão ruim? Existem homicídios bons? Existem homicídios legítimos, mesmo que não sejam em legítima defesa? Quem decide isso? Os assassinos? Leonor era culpada ou não? Ajudá-la a acobertar o crime não as obrigava imediatamente a partilhar uma parcela daquela culpa? Elas realmente queriam ser cúmplices de Leonor? Até que ponto? Até onde ia a amizade? Até o crime, por exemplo? Falaram à exaustão. Beberam muita água. Leonor foi a única que quase não disse nada. Permaneceu num mutismo total. As demais estavam cheias de dúvidas, partilhavam suas fragilidades, sua indecisão. Inés parecia a mais determinada a apoiá-la. Na verdade, era por isso que as chamara. Adriana estava com medo. Embora pudesse entender Leonor, compreender seus motivos, até mesmo sua explosão, não queria ir mais longe. Teresa não sentia culpa, achava que Diego era um filho da puta, mas temia que a polícia descobrisse tudo e que elas também acabassem sendo presas. Não queria voltar para a prisão. Magaly não disse nada. Só olhou para Leonor e lhe perguntou o que ela pensava, o que queria fazer.

– Queria voltar no tempo – Leonor falou lentamente, estava exausta –, mas é impossível.

– Você quer se entregar à polícia?

Leonor apenas delineou uma careta ambígua em seu rosto.

As outras olharam detidamente para ela. O ar entre elas parecia se esticar, como se estivesse prestes a ranger. Faltava espaço e sobravam pulmões. Ninguém sabia muito bem o que fazer.

– Como você está se sentindo agora? – Adriana perguntou de repente, com doloroso afeto.

Leonor demorou um pouco para responder.

– O pior – ela finalmente disse – é que não estou me sentindo mal – hesitou novamente. – Pelo contrário, estou me sentindo aliviada – fez uma pausa, baixou ainda mais o tom de voz. – Eu te daria a minha vida... mas a estou usando! – murmurou, e depois sorriu com melancolia. – Pensei nisso. Quando parei e o vi deitado na cama, cheio de sangue, me lembrei dessas palavras.

– Não acho que seja o melhor momento para falar sobre autoajuda – resmungou Inés. E então olhou para todas as outras, como se quisesse forçar uma resposta. – O que nós vamos fazer?

Decidiram agir naquela mesma noite. Um pouco antes da meia-noite, as quatro foram ao estúdio. Como era um edifício de escritórios, acharam que era a melhor hora. Não havia vigia, elas entraram direto pelo estacionamento. Leonor tinha lhes dado todas as chaves e havia explicado qual era o melhor percurso para entrar e sair. Decidiram usar as escadas e, assim, evitar as únicas câmeras de segurança do prédio, localizadas em cada andar, ao lado das portas do elevador. Felizmente, o apartamento ficava no segundo andar. Tinham comprado capas de chuva escuras e com capuz. Estavam usando-as. Pareciam uma brigada especial, uniformizada. Subiram em silêncio. Pararam na frente da porta, trocaram rápidos olhares. Estavam muito nervosas. Sentiam pontadas de frio dentro de seus corpos.

– Ponham as luvas – sussurrou Inés.

Cada uma tirou dos bolsos um par de luvas de plástico verde. Magaly tirou de outro bolso várias máscaras cirúrgicas de papel e distribuiu entre elas.

Inés demorou um pouco para encontrar a chave certa. Quando a porta enfim se abriu, a maçaneta girou corretamente e elas puderam entrar. Tropeçaram um pouco, apressadas, desajeitadas, agitadas. Ficaram no escuro e em silêncio. Não vão gritar, disse Inés, enquanto tateava a parede em busca de um interruptor.

Uma luz branca caiu de repente sobre o corpo de Diego.

Todas engoliram um grito. Instintivamente se agarraram umas às outras: a mão, um braço, o ombro. Paralisadas, olharam para a cena. A pele estava muito pálida, o sangue estava seco. Num dos olhos, parecia ter nascido um brócolis muito pequeno. Na comissura esquerda dos lábios, havia espuma laranja.

– Não vou conseguir – sussurrou Adriana, contendo a ânsia de vômito.

– Não temos tempo para bobagens – asseverou Inés. – Vamos lá, então – ela disse, começando a pegar vários tipos de detergentes, – operação limpeza!

A batalha feminina contra a sujeira pode encontrar uma dimensão perfeita na cena de um crime. O desafio é o maior possível. A ânsia se multiplica.

Depois de enfiar o corpo de Diego num saco de lixo industrial, elas trabalharam por duas horas. No início estavam nervosas, sôfregas, mas pouco a pouco foram se acalmando, como se a própria ação pudesse lhes proporcionar um pouco de calma. Em certo momento, até começaram a sentir prazer no que estavam fazendo. Eram quatro amigas limpando um pequeno apartamento. Descer Diego por dois andares foi mais trabalhoso e rapidamente as devolveu à realidade. De acordo com o plano, enquanto o cadáver tropeçava e descia aos empurrões pelas escadas, Leonor deveria se apresentar à polícia para relatar o desaparecimento do seu amante. Devia oferecer uma narrativa simples. As histórias simples são sempre as melhores, disse Inés.

Na noite anterior, ela havia combinado jantar com seu amante em um restaurante, depois eles iriam para o estúdio onde costumavam ter seus encontros amorosos, mas Diego não havia aparecido. Também não tinha ido trabalhar no escritório naquele dia. Ela ligou para ele várias vezes e não obteve resposta. Ouvia sempre a voz da operadora, dizendo que o número estava fora de serviço. Leonor tinha de se esforçar para desempenhar o papel de amante nervosa, mas também despreocupada.

Adriana sugeriu que ela dissesse que a esposa de Diego estava louca, que uma vez havia ameaçado matá-lo.

Magaly disse que talvez fosse um excesso, que poderia levantar suspeitas.

Teresa disse que não comentava sobre a polícia. Melhor.

Encontraram-se novamente quase às três da manhã, numa estrada solitária que contornava a cidade ao sul. Estavam perto de um estádio abandonado. Tiraram Diego do carro e o arrastaram as quatro até a borda da colina. Dali, em dias claros, dava para ver quase a cidade inteira.

Naquela hora, não era mais que uma mancha escura, com alguns pontos de luz espalhados sobre ela. Embeberam o saco com gasolina e atearam fogo. Nenhuma delas fumava, mas naquela noite todas traziam fósforos. As chamas se ergueram rapidamente. Tinham um tom azulado. As cinco mulheres se olharam por um instante. Era difícil ler seus olhares, saber o que cada uma pensava ou sentia. No centro do clube, virando fumaça, Diego continuava cheirando mal.

Leonor apareceu no escritório no dia seguinte. Disfarçou com maquiagem as poucas horas de sono e, com muito esforço, comportou-se normalmente. Falou com dois dos executivos e perguntou se eles tinham visto Diego. Ninguém o tinha visto. A família também estava preocupada. Sua esposa tinha ligado várias vezes. À tarde, a preocupação já havia se espalhado. Muitos temiam um sequestro, mas, até aquele momento, ninguém tinha aparecido para pedir resgate. O clube havia preparado várias alternativas para dar cobertura a Leonor. Inés seria seu álibi. Tinha trabalhado no escritório, elas eram amigas há anos. Em caso de qualquer suspeita, Leonor e Inés tinham estado juntas, em todos os momentos. Um ex-aluno de Teresa, por sua vez, abriu uma conta em nome de Leonor numa conhecida rede social. Alterou as datas de forma a demonstrar que a conta existia há dois anos. Na conta, Adriana, Magaly e Teresa passaram uma tarde inteira postando outros pequenos vídeos de sexo explícito e inventando várias interações com os mais diversos seguidores. Não sou prostituta, só gosto de me exibir, dizia a apresentação debaixo de uma foto sorridente de Leonor. Tudo parecia estar sob controle. Porém, no final da tarde a esposa de Diego apareceu no escritório. Era uma mulher magra, elegante, talvez tivesse cinquenta anos. Leonor invejava a segurança dos ricos, a desenvoltura com que eles se movem em quase todos os ambientes e situações. Como se nada pudesse ser completamente novo para eles. A esposa de Diego andou como se o escritório fosse sua passarela particular. Passou por um canto onde estavam três sócios da empresa, conversando com um especialista em segurança. Assim que eles a viram, a cena pareceu murchar.

Era uma imagem que envelheceu em um segundo: o grupo olhando, petrificado, como a esposa de Diego avançava diretamente para a mesa onde Leonor estava. Só os cumprimentou com um leve aceno e não parou até ficar na frente dela.

– Onde podemos falar em particular? – perguntou.

Aquela visita não estava no roteiro. Leonor, tentando camuflar seu nervosismo, guiou-a até a sala de reuniões, sob o olhar tenso e expectante de todos os presentes. Quando ficaram a sós, a esposa de Diego foi franca e direta.

– Eu sei perfeitamente quem você é, e você com certeza deve saber quem eu sou.

Leonor assentiu.

– Não vim lhe dizer – e começou a enumerar com aborrecimento – que é uma grande emergência, que nós duas devemos estar juntas e nenhuma dessas baboseiras.

Leonor ia dizer alguma coisa, mas não teve tempo.

– E peço que você também – alertou a mulher – não venha me dizer que Diego me ama muito, que sempre fala de mim.

Leonor negou com a cabeça.

– Menos mal.

Em seguida, a mulher fez uma pausa, levou alguns segundos para avaliá-la de perto e rapidamente, de relance, com a quantidade exata de delicadeza e desdém.

– Você sabe de alguma coisa? Ele lhe disse alguma coisa?

Leonor respondeu que não, disse-lhe que haviam combinado de se encontrar fazia duas noites, que ele não apareceu, que ela começou a ficar preocupada quando ele também não apareceu no escritório no dia seguinte. A esposa de Diego não parecia prestar muita atenção, como se nada do que ela estava dizendo tivesse algum valor. Leonor lhe contou também sobre sua ida à polícia na noite anterior. Só quando ouviu aquilo a mulher se virou e olhou para ela com desconfiança.

– Por que você fez isso? – ela perguntou.

– Não sei. Eu estava nervosa. Tinha de fazer alguma coisa e não sabia o que mais poderia fazer. Temia que o tivessem sequestrado.

A mulher bufou e começou a vasculhar a bolsa.

– Aquele idiota não foi sequestrado, tenho certeza – ela disse, tirando da bolsa uma caixa de cigarros –, a gente pode fumar aqui?

Leonor não soube o que dizer. A mulher disse não tem importância e colocou um cigarro entre os lábios. Depois repetiu que Diego era um idiota, um depravado, ela disse também, e garantiu que o marido devia estar bêbado, com alguma outra puta, numa festinha.

– Quem dera tivessem sequestrado aquele merda! – exclamou, sem deixar de vasculhar com impaciência a bolsa. – Por mim, podem levá-lo embora e não precisam devolvê-lo, podem fazer o que quiserem, podem matá-lo – e de repente olhou para ela, impaciente. – Você não tem fogo, tem?

Leonor hesitou por um segundo, mas depois lembrou, pediu um momento, saiu e voltou com sua bolsa, de onde tirou uma caixa de fósforos.

– Por uma feliz coincidência, eu tenho – disse, enquanto acendia um fósforo e o aproximava dela.

A chama era azul.

(Medo de Baratas)

É um exemplo perfeito de irracionalidade.

Sebastián pensou naquilo enquanto avançava pela lavanderia com uma vela na mão esquerda e um sapato na mão direita. Era à noite, ele estava sozinho e deprimido, pensando em Elisa, no que Elisa tinha lhe dito e no que Elisa não tinha lhe dito. O encontro com ela na sala de edição o deixara desanimado. Voltou para casa e tentou se concentrar, perguntou-se o que devia fazer, se fazia sentido continuar naquela busca, ou se, ao contrário, não havia chegado a hora de deixar tudo como estava e esquecer, e novamente ir embora, voltar para Los Angeles, sair dali. Por acaso não era isso o que todo o mundo queria? Ele estava num país cuja única utopia era deixar de ser um país.

E então a luz se apagou.

Ele estava no quarto de despejo. Tinha ido buscar velas e, quando voltou, já com uma acesa na mão, viu ou pensou que viu uma barata passando à sua frente. Instintivamente, tirou um de seus sapatos e o ergueu no ar, ameaçador, pronto para tudo. Deu alguns passos, atento, em guarda, lembrou-se da mãe e pensou então na irracionalidade perfeita.

Na maioria das mulheres, ou pelo menos numa grande porcentagem delas, as baratas conseguem provocar um pavor incontrolável. É uma reação automática que, em segundos, vai da observação do inseto ao pânico desenfreado. Às vezes, nem sequer é necessário ver o inseto, basta intuí-lo para que se ative a histeria. A simples suspeita de que uma barata está por perto pode fazer com que as mulheres se transformem em ginastas, deem saltos triplos no ar, algumas até conseguem voar, outras chegam a correr em velocidades inimagináveis. Elas agem como se a barata fosse um animal enorme e perigoso, um assassino com seis pistolas, um serial killer empunhando uma motosserra ligada. Mas se trata de um inseto. De um diminuto e evasivo inseto, tão aterrorizado e tão ansioso para fugir quanto elas. As baratas não atacam. Nem sequer ameaçam. Também não se defendem. Seu único perigo não está nelas, mas no medo de suas vítimas. Sua mera presença despoja seus inimigos de qualquer lógica, torna-os muito vulneráveis.

Magaly as odiava. Não suportava nem sequer que as matassem perto dela. O simples barulho do inseto sendo esmagado a assustava. Ela tinha que se afastar, esconder-se. Quando ele era criança, viviam numa casa com um pátio e um pequeno jardim. Sempre aparecia alguma barata. Sebastián sabia pelo grito instantâneo da mãe. Não era um grito. Era uma gritaria. E, ao mesmo tempo, ouviam-se passos, móveis, ruídos de coisas... como se uma alcateia de hienas estivesse perseguindo sua mãe por toda a casa. A mulher serena e pacífica que Sebastián recordava de repente se transformava numa selvagem, numa demente brutal que gritava para seu pai, com feroz agitação: mata, Roberto! Mata! Mata!

A barata, se é que estava lá, se é que realmente existia, se perdeu nas sombras. Sebastián foi para a sala, olhou por uma janela. Tudo o que a sua vista podia alcançar estava às escuras, nem mesmo os faróis de algum carro se moviam pelas ruas. A cidade se reproduzia na penumbra; de vez em quando, de algum ponto distante, aparecia um lampejo. Sebastián se perguntou o que poderia ser, talvez uma detonação, um tiro. Pouco a pouco, aquela mancha negra começou a se encher de pequenos pontos: as velas produziam um efeito mágico, convocavam a uma estranha beleza. Todos estavam unidos no mesmo gesto, produzindo a mesma luz da mesma forma: uma pequena gota de fogo que se repetia e se propagava, criando uma nova miragem. Sebastián se lembrou da última conversa telefônica com a mãe. Percorreu toda a sala, lentamente, imaginando-a numa noite como aquela, sem eletricidade. Pensou em seu medo de baratas. Viu-a sentada no sofá, lendo. De vez em quando, ela tirava os olhos das páginas e olhava nervosamente para todos os lados. Estava vestida com seu pijama xadrez verde e vermelho, mantinha os pés nas almofadas, evitando o contato com o chão, como se o próprio sofá fosse uma jangada no meio de um oceano cheio de baratas.

Aproximou-se da estante de livros. Imaginou que as leituras do clube estariam juntas, numa mesma prateleira. E tinha razão. Lá estavam, lado a lado, na ordem em que elas os haviam lido e discutido. Sebastián pegou o exemplar que estava no final e o aproximou da chama da vela: *Eu te Daria Minha*

Vida... Mas a Estou Usando!, de Alma Briceño. Esse parecia ser o último livro que tinham lido no clube.

Foi para o sofá e se sentou em um dos cantos. Pôs o livro sobre os joelhos e ergueu a vela. Havia algo perturbador naquele título. Demorou ainda alguns segundos para descobrir até que de repente aconteceu. Sebastián sentiu um brilho atrás dos olhos. O título do livro parecia se mover sob o tremor da chama. Talvez aquele efeito tenha ocasionado a revelação.

Sebastián se levantou de um salto e, sem soltar a pequena vela, correu para o quarto da mãe, procurou desajeitadamente e às pressas no criado-mudo, em meio a uma série de papéis, enquanto balbuciava frases incompletas, palavras retorcidas, expressões incompreensíveis. Acabou recitando grosserias enquanto voltava para a sala segurando uma folha. Voltou a se sentar. Respirando com dificuldade, colocou a vela de volta sobre a mesa, encaixou-a em um vaso minúsculo que tinha um bonsai, e então pôs em uma mão a folha e em outra mão o livro. Ali estava. Finalmente, da maneira mais simples, na ausência de luz, esclarecia-se o mistério. Aquela era a mensagem. A linha borrada que, entre as gotas, Magaly Jiménez tinha traçado na banheira encontrava sua verdadeira forma diante dos olhos de Sebastián. A última frase que sua mãe havia escrito era o título daquele livro.

(Maneiras de Mover as Sombras)

A notícia sobre o desaparecimento de Diego Ponte saiu nos jornais. Mas não durou muito. Nem os jornais duravam muito. Havia cada vez menos papel e, além disso, havia cada vez menos notícias permitidas. O Alto Comando tinha uma fábrica de produzir verdades que funcionava de forma permanente. Nunca parava. Todos os dias havia verdades novas e diferentes. Mas todas eram descartáveis. Ninguém acreditava em nada, ninguém confiava em ninguém. Logo, Diego Ponte foi mais um dos muitos casos não resolvidos, abandonados sob a náusea contínua dos televisores. A próxima vez em que elas se encontraram foi no apertado apartamento de Leonor, no centro da cidade. Já fazia seis quartas-feiras que não se viam e, ainda que aparentassem certa normalidade, estavam todas nervosas. Tinham trocado telefonemas, sempre enigmáticos e apressados, mas nada além disso. Entretanto, a memória do que haviam feito juntas se movia com agilidade entre elas. Estavam apenas estreando no difícil ofício de compartilhar uma culpa. Não é a mesma coisa ser cúmplice de leitura e de assassinato.

Chegaram quase todas ao mesmo tempo. Tanta pontualidade também delatava suas preocupações. Demoraram um pouco para se acalmar e começar a falar com tranquilidade, com confiança. Mas evitaram sempre mencionar diretamente o fato. Como se falar concretamente e em voz alta sobre o que havia acontecido fosse algo inadequado, de mau gosto. Precisavam se ver, conversar sobre o acontecido, sentir que continuavam juntas... mas, ao mesmo tempo, precisavam que aquela experiência se desse de forma tácita, delicada, sem evidenciar o que realmente estava acontecendo. Como se de fato estivessem conversando sobre outra coisa. A única maneira de suportar seu crime era disfarçá-lo, atenuando seus sons.

Falar sobre a morte sem pronunciar a morte.

Mas Leonor, de alguma forma, mesmo no meio daquele pacto de dissimulação, queria agradecer ao clube por todo o apoio. Por isso insistira tanto para que elas viessem à sua casa. Não importava mais nada, já sabiam de fato quem ela era, já sabiam de tudo. Mostrou a elas seu pequeno apartamento, acomodou-as na sala onde faltavam cadeiras, ela mesma se sentou no chão, ao lado de uma mesinha onde tinha colocado um prato com frios e outro recipiente redondo com azeitonas recheadas com pimentão. Também havia comprado uma garrafa de vinho. Aquele detalhe era um tesouro, todas sabiam. A mortadela e o presunto, as azeitonas e o vinho deviam ter custado um mês inteiro de salário de Leonor. Mas era óbvio que ela estava feliz em acolhê-las daquela forma. Ela sorria e as convidava a comer e beber. Comeram em silêncio ou comentando sobre trivialidades da vida familiar de cada uma. Adriana falou sobre seus filhos, Magaly contou como as consultas haviam caído drasticamente. E foi Teresa quem de repente começou a falar com maior desenvoltura, sem pesar, sem enrubescer.

– Eu não me sinto mal – ela disse. – Além do mais – acrescentou –, acho que tudo correu perfeitamente para nós.

E ergueu seu copo de plástico e, com um meio sorriso entre a timidez e o desafio, disse saúde! As outras se olharam e depois, pouco a pouco, foram cedendo, cada uma em seu estilo, sem orgulho excessivo, sem se vangloriar, mas elas também pegaram seus respectivos copos e acabaram brindando.

– É como diz Alma Briceño – comentou Teresa depois de beber sua parte.

Não conseguiu terminar, Inés a cortou com um rápido: não comece, por favor! Mas já era tarde. Teresa perguntou a Leonor se ela tinha o livro por perto. Quando o teve em mãos, procurou rapidamente em suas páginas, parou em uma, abriu ainda mais o livro, como se quisesse esticar suas bordas, e leu um fragmento: as mulheres devem aprender a diferença entre *a* felicidade e *uma* felicidade. Precisamos parar de sonhar em geral e aprender a sonhar em particular. Grande mesmo é o pequeno. Teresa fez uma pausa e ergueu os olhos por cima do livro. Estavam todas à espera, fitando-a. Com certeza, todas elas estavam lembrando, pensando a mesma coisa. Teresa continuou a ler: de tanto sonhar grande, esquecemos de viver pequeno. Aí está realmente o valor da existência. Nos eventos concretos que nos dão poder e que nos libertam. Graças a eles, podemos ser nós mesmas.

Teresa fechou o livro com um movimento rápido, produzindo um som abafado. As demais permaneciam inalteradas, atentas e inquietas. Teresa passeou seu olhar sobre todas elas, antes de confessar:

– Eu também tenho vontade. Preciso matar uma pessoa.

Adriana sentiu que estava perdendo o ar. Leonor não sabia o que dizer. Magaly deixou seu copo de vinho sobre a mesa. Inés permaneceu em silêncio, espantada, olhando para ela. Teresa então contou o que nunca tinha contado a ninguém.

Aconteceu durante os protestos de quatro anos atrás, não sei se vocês lembram, ela disse. Mas todas se lembravam. Era impossível esquecer. Durante vários meses, os estudantes de todo o país tinham se mobilizado. O Alto Comando agiu de forma selvagem. Enviou à rua os militares, a polícia, e também grupos civis armados. Mataram muitos, desapareceram com outros. Prenderam milhares de pessoas. O governo não tinha prisões suficientes para encarcerar tantos manifestantes. Começaram a aprisioná-los em repartições públicas, em estádios, em escolas ou em quartéis. Muitas pessoas passaram meses confinadas nesses lugares. Eu fui uma delas, disse Teresa.

E lhes contou como um dia seus alunos pediram aos professores que também participassem de uma passeata. Ela e outros professores os acompanharam. Havia muitos, vinham de todas as faculdades, também de outros centros de ensino. Encheram uma das avenidas do centro. Mas de repente apareceram os fardados. Os que estavam de verde, os que usavam uniforme de polícia, e os que só estavam de vermelho. Todos eles, no entanto, usavam as mesmas armas. Começaram com as bombas de gás lacrimogêneo, acabaram atirando na multidão. Também tinham tanques e veículos pesados para jogar água e dispersar os manifestantes.

– De repente, tudo virou uma bagunça – Teresa falava com veemência, as veias do seu pescoço tinham inchado –, lembro que havia algumas alunas, começamos a ouvir disparos, vimos uma linha de fumaça cruzando o céu, começamos a correr. Todo mundo estava correndo, sem saber muito bem para onde, mas era o que dava para fazer, correr, fugir.

Em um momento, elas foram cercadas por um grupo de soldados. Teresa tentou falar. Aproximou-se e mostrou sua credencial de professora, tentou dizer algo sobre a Constituição e o direito de protestar. A última coisa de que se lembrava era de um som, o som do seu nariz. O guarda a quem ela se dirigia de repente tirou o capacete. Teresa pensou que ele queria ouvi-la. Mas então ela o viu dobrar o braço e viu o capacete vindo a toda velocidade em direção a seus olhos. Ouviu seu nariz estalar. Sentiu estilhaços sob seus olhos. E de repente tudo ficou vermelho.

Os meses que ela passou encarcerada em um complexo militar foram os piores da sua vida. Ficou trancada no banheiro de um porão. Era um banheiro de escritório, com pia e privada. Mas não havia chuveiro, não havia água nem luz. Nos primeiros dias, indignada, ela se desesperou, gritou, bateu na porta. Exigiu ver um oficial superior, exigiu se comunicar, exigiu um advogado, exigiu ver um parente, exigiu comida, luz, água. Não obteve nenhuma resposta. Passaram-se os dias. Não a tiravam nunca daquela fétida escuridão. Ninguém vinha vê-la. Em certas horas, a porta se abria e um soldado lhe passava um prato de comida. Geralmente era arroz com algum tipo de feijão. Às vezes, também tinha alguma pelanca de animal. Sebo. Teresa comia com as mãos. Sentia que ia enlouquecer. Começou a implorar.

Perdi a noção das horas e dos dias, ela contou. Quando a gente passa tanto tempo numa situação como aquela, acaba virando um animal. A gente até para de falar e começa a grunhir. No final, eu ficava sentada ao lado da porta, olhando a fresta de luz que passava por baixo. Tentando ouvir algum barulho, passos, uma voz distante, imaginando como seria a vida lá fora, o que estaria acontecendo.

Começou a pensar que era melhor morrer. Que ninguém nunca a tiraria daquele buraco. Que a única saída era parar de respirar. Então, como se alguém estivesse mesmo vigiando seus pensamentos, eles a tiraram daquele lugar. A luz a castigou. Não conseguia andar sem ajuda. Empurraram-na um pouco, levaram-na quase carregada para um escritório no andar de cima. Sentaram-na numa cadeira. Na frente dela estava uma mulher vestida com uniforme militar. No início, não conseguiu distinguir suas feições. Somente a ouviu. Era uma mulher robusta, tinha cabelo preto. Falava com sarcasmo, com superioridade.

– Como você está se sentindo? – ela perguntou.

Teresa não sabia o que responder. Estava assustada, destruída. Mas também se sentia muito grata por estar fora do banheiro. Tentou balbuciar alguma coisa, mas não conseguiu. Apenas meneou a cabeça.

– Você está nojenta – disse a oficial.

Teresa achou que ela estava sorrindo. Meneou a cabeça novamente.

– E você está em sérios apuros – a mão da mulher pegou alguns papéis que estavam sobre a mesa. Teresa não podia ver bem, suas pupilas demoravam a recuperar alguma aptidão, não se acostumavam à luz. – Você vai ser processada por rebelião, associação criminosa e traição à pátria – ela disse, pulando de uma folha para outra.

O som do papel a incomodou, aturdiu-a um pouco.

– Se você se comportar bem, talvez eu possa ajudá-la – disse a mulher.

Teresa disse que sim, de novo, balançando a cabeça. E tentou sorrir, agradecer.

Transferiram-na para outro escritório, maior, sem banheiro, mas lá em cima. Tinha uma janelinha, no alto, de onde dava para ver uma nesga de céu. Deram-lhe um colchão e um penico. Diariamente lhe passavam uma porção de comida e a cada dois ou três dias a levavam para um banheiro grande, onde ela podia tomar banho. Ela tinha de se lavar na frente de quem estivesse lá. Numa noite, levaram-na para tomar banho e depois a trouxeram de volta. Quando ela entrou no escritório, a oficial estava lá. Dessa vez, conseguiu observá-la melhor. Devia ter a mesma idade que ela. Era uma mulher robusta, mas dava para notar que ela praticava algum esporte ou fazia ginástica. Estava usando um uniforme de campanha e lhe sorria. Disse oi e depois comentou que ela parecia muito melhor. Teresa se sentia nervosa, intimidada.

Mas enfim conseguiu falar. Disse que não entendia por que a mantinham naquele lugar, por que estava lá. Porque você cometeu um crime, a oficial lhe disse. Você está conspirando, tentando derrubar um governo legítimo. Teresa disse que não era verdade, que ela só tinha ido à manifestação. A oficial sorriu e lhe disse que era melhor confessar. Que se ela assinasse alguns papéis, talvez a deixassem sair antes.

– Não estou entendo nada, oficial – ela disse. –Realmente.

– E era verdade. Eu não entendia nada. Nada de nada – repetiu Teresa.

As outras estavam chocadas. Leonor serviu um pouco mais de vinho em cada um dos copos.

– Eu disse a ela que não ia assinar nada.

– E aí?

Teresa fez uma pausa. Passou a língua pelos lábios.

– Ela me disse que havia muitos homens solitários por lá. Que era do meu interesse cooperar.

Foi estuprada várias vezes. Não quis fazer a conta, embora ache que tenham sido seis ou sete. Sempre em noites diferentes. Supõe que eram oficiais ou soldados, nunca quis vê-los. Ou simplesmente sua memória apagou aqueles rostos. Só se lembra da oficial. Ela estava sempre lá. E sentia prazer com aquilo. Pior: era ela quem organizava e dirigia tudo naqueles momentos. Era sempre de noite. A mulher entrava, movendo os quadris, Teresa se lembra do revólver no coldre, junto à perna esquerda. Assim que ouvia os passos, ela se retraía num canto, se agachava, começava a sentir que perdia o fôlego, que se nauseava. E então a mulher entrava, rebolando, quase cantando uma frase: chegou a diversão, Teresa Rosales. E depois sacava o revólver e o colocava perto do rosto.

– Olha só o galã que eu trouxe hoje – costumava dizer algo do tipo.

E ficava ali, ao lado dela, muito perto, olhando para o seu rosto, sorrindo, enquanto o homem da vez a penetrava.

– Esta noite eu vou pedir pra te meterem no cu, você gostaria disso?

Teresa assinou. Assinou uma confissão e também um documento em que afirmava que, durante sua permanência naquele edifício, seus direitos humanos haviam sido respeitados e que ela tinha sido tratada de acordo com o que a lei estipulava. Foi libertada graças aos serviços de uma organização de voluntários e de um conhecido escritório de advocacia. Foi assim que ela conheceu Inés. Ainda tinha que se apresentar toda semana numa delegacia de polícia e assinar um papel. Não era inocente. Era apenas uma culpada com regalias.

Todas ficaram em silêncio. Teresa pegou uma azeitona, mas a manteve entre os dedos por alguns segundos. Como se fosse uma pequena bola.

– Descobri tudo sobre ela. Chama-se Sonia Méndez. Sei onde ela mora, conheço todas as rotinas dela – olhou para elas, séria, sombria. – Quero matá-la.

Fazia muito tempo que Teresa estava planejando aquilo. Era um evento longamente sonhado e estudado. Como se fosse uma diretora de cinema, que passa muito tempo vivendo com suas imagens antes de conseguir filmá-las, assim também Teresa tinha visto muitas vezes a morte de Sonia Méndez. No clube, quiseram ser menos denotativas e decidiram se referir ao assunto de outro modo. Todas começaram a falar sobre "a atividade". Não foi difícil planejar, Teresa já tinha pensado em muitos detalhes com antecedência. Já planejara até o que cada uma delas poderia fazer, quais seriam suas tarefas.

A atividade ocorreu num sábado à tarde. Naquela hora, a oficial costumava sair para passear com seus cachorros, dois pequineses irritantes, pelas ruas próximas à sua casa, num condomínio com segurança privada, no leste da cidade. Era assim que geralmente os altos funcionários ou os empregados de confiança do Alto Comando viviam.

A mulher vestia roupas esportivas, todas combinando, de cor cinza e de uma marca conhecida. Levava os cachorros presos, com guias que se alongavam por vários metros, permitindo que os animais se afastassem e se aproximassem dela à vontade. Falava pelo celular, em voz alta, como se quisesse que os vizinhos ouvissem o que ela estava dizendo. Na conversa, deixava claro que tinha poder. Dizia coisas como: eu disse ao ministro que. Ou: isso eu mesma resolvo, não se preocupe, eu falo pessoalmente com o capitão. Enquanto isso, ia andando, como se nada estivesse acontecendo, olhando ternamente para seus cachorrinhos.

Leonor agiu como elemento de distração. Com um clássico uniforme de empregada doméstica, aproximou-se da guarita de vigilância e começou uma conversa com o funcionário de plantão. Era um jovem desanimado que imediatamente se alegrou com a inesperada companhia. Leonor devia flertar e se insinuar, essa era sua tarefa. Enquanto isso, a bordo de uma van identificada com o logotipo de uma empresa de entregas, Inés e Adriana pararam na entrada do condomínio e pediram autorização para passar e deixar um pacote em uma das residências. O veículo havia sido emprestado por um amigo para Teresa. Não tinha placa, e as informações comerciais estavam em alguns adesivos que elas tinham mandado fazer com antecedência. Inés usava uma peruca, Adriana estava de óculos e com um boné.

A disputa entre dever e prazer foi rapidamente decidida. O vigia deu uma olhada e, com um gesto displicente, indicou que elas podiam passar. Leonor sorriu e perguntou se ele era casado ou solteiro. O guarda, com um olhar malandro, respondeu com outra pergunta: por que você está perguntando isso? Leonor sorriu outra vez.

Elas haviam ensaiado várias vezes num estacionamento. Tinha de ser uma operação rápida. Nossa principal arma é a surpresa, disse Teresa. E também disse que deviam presumir que Sonia Méndez estivesse armada. Era uma possibilidade.

Adriana estava incomodada com o suor em suas mãos, sentia que o volante estava pegajoso, o que a deixava mais nervosa. Inés ia ao seu lado. A arma estava no colo dela. Adriana olhava para a arma com o canto do olho. Ao chegarem a uma bifurcação, Inés apontou para a rua à esquerda.

Distinguiram-na à distância. Ela caminhava de costas para elas, agarrada ao celular. Os bichos iam um pouco mais adiante.

– Podíamos atropelá-la aqui mesmo.

– O plano não é esse.

– E os cachorros? O que vamos fazer com os cachorros?

Passaram lentamente ao lado dela. Adriana a cumprimentou, a oficial levantou a mão, respondendo à saudação. Estacionaram na curva seguinte, onde não havia casas. Inés desceu e abriu a porta traseira da van. Adriana também desceu. Ambas se agacharam ao lado do pneu traseiro esquerdo, observando-o e gesticulando.

– O que fazemos se ela resistir? – indagou Adriana, nervosa.

Inés só apertou uns *ss* entre os dentes, pedindo silêncio. Um dos cães veio até elas e começou a farejá-las. Inés estava com a arma na mão.

A oficial chegou perguntando se havia algum problema. Quando Inés sentiu que ela estava bem perto, levantou-se abruptamente e se virou erguendo a arma, colocando-a em seu rosto. A mulher não teve tempo de reagir. Adriana a circundou e pôs um pedaço de fita adesiva em sua boca. A mulher estava assustada, muito tensa. Mas em seus olhos havia fúria. Tiraram-lhe o celular e a empurraram para dentro do veículo. Quando ela começou a resistir, Inés a golpeou com a arma na cabeça. Ela caiu desmaiada como um pacote flácido. Os dois cachorros olharam tudo sem latir. Nem sequer emitiram qualquer som quando foram deixados soltos e livres na rua. Adriana e Inés voltaram aos seus postos. A van percorreu o caminho de volta e passou novamente pela guarita. Buzinaram duas vezes. Leonor entendeu que sua jornada de sensualidade havia acabado.

Teresa também sincronizara seu próprio álibi. Estava no cinema com sua irmã Anahí. Elas assistiram a uma comédia insuportavelmente estúpida e, em seguida, foram beber num bar que estava localizado no mesmo shopping. Sua irmã ficou surpresa, sentiu-a diferente, achou que ela estava muito melhor e aquilo a alegrava. Teresa, feliz, cometeu o único deslize de toda a atividade: contou à irmã uma parte da verdade, disse que estava bem porque ia fazer justiça, porque ia se vingar de tudo o que tinham feito com ela. Anahí se assustou. Perguntou do que se tratava. Não entendia muito bem. Não podia entender, porque nem sequer sabia o que realmente tinha acontecido com ela naqueles meses de detenção, Teresa nunca quis contar nada. Teresa a pegou pelas mãos e pediu para ela se acalmar. Você já fez muito, ela disse. Com este passeio ao cinema, você me ajudou muito, também disse. Depois, disse que o clube de leitura a estava ajudando, que tudo ficaria bem. Sua irmã estava cada vez mais preocupada. Teresa compreendeu que havia cometido um equívoco, que nunca deveria ter comentado nada com ela. Pediu-lhe para esquecer tudo. É o melhor, ela disse.

Quando Sonia Méndez acordou, já estava anoitecendo. Havia passado apenas uma hora desde o seu sequestro. Estava trancada em um banheiro pequeno, sem água e sem luz. Tirou o esparadrapo da boca com um puxão e começou a bater na porta e a gritar, pedindo que a abrissem. Ninguém podia ouvi-la. Só o clube. Estavam em um galpão na periferia da cidade. Em certa época, o lugar havia sido uma fábrica de materiais elétricos, de propriedade da família de Adriana. Os pais dela tinham começado lá, produzindo tomadas e bocais, mais de cinquenta anos atrás. Mas o Alto Comando expropriou a fábrica, proclamando que ela devia ser do povo. No final, não ficou sendo de ninguém. A princípio, foi operada por uma cooperativa. Em seguida, passou para as mãos de um comandante da Marinha. Depois, ficou sob a supervisão de uma agência municipal. Até que foi abandonada e o tempo a engoliu. Acabou se transformando em uma estrutura fantasma.

Quando a porta se abriu, Sonia Méndez só pôde ver o cano de uma arma na frente dos seus olhos. Instintivamente, deu dois passos para trás. A escuridão não lhe permitia enxergar muito bem. Disse que estava disposta a negociar, que sua família podia pagar um resgate, que não havia necessidade de apelar à violência. Sua atitude era outra. Condescendente, gentil. O foco de uma lanterna bateu-lhe no rosto, cegou-a. Em seguida, o feixe de luz iluminou Teresa, era ela quem segurava a arma. Ela pôs a lanterna debaixo do rosto, deixou que a oficial a reconhecesse.

– Lembra de mim?

Sonia Méndez se aproximou um pouco mais, tentando vê-la melhor.

– Não estou interessada nos seus dólares.

Ela a reconheceu. Voltou a recuar. E começou a falar, cada vez com menos segurança, tentando ganhar tempo e comiseração. Não se lembrava do nome dela, mas do rosto sim. Entendeu que se tratava de um ajuste de contas. Tentou falar em diferentes tons, tentou manipulá-la de diversas maneiras. Disse que apenas cumpria ordens, que alguém de cima lhe havia dado instruções. Alegou que, no fundo, tudo poderia ter sido muito pior, que na verdade ela a tinha ajudado.

– Eu fiz com que eles te tirassem daquele buraco de merda, lembra – ela disse.

– Eu consegui que eles te mudassem para cima – ela disse.

– Eu fiz muito para que aqueles advogados te tirassem de lá – ela disse.

Cada vez com um novo tremor em sua voz.

Teresa a ouviu em silêncio, com a arma levantada, sem deixar de apontar para ela. Sonia Méndez lhe pediu misericórdia. Não me mate, caralho, ela implorou. Também prometeu todo tipo de recompensa. Até que Teresa deu um passo à frente e segurou a arma com as duas mãos. Moveu-a ligeiramente, apontando para a barriga da oficial. Sonia Méndez se encolheu um pouco sobre si mesma.

– Olha só o galã que eu te trouxe – disse então Teresa, imitando o tom cantarolado com que a oficial a saudava naquelas noites no quartel. – O que você acha de eu enfiar esta pistola no seu cu e atirar?

As outras quatro tinham ficado esperando em outra parte do galpão, longe do banheiro. Era o espaço onde antes ficava a maquinaria. Adriana estava mostrando uma cavidade que, na época, havia funcionado como fossa, antes de a água corrente chegar à região. Ela conhecia de cor o lugar. A maior parte da sua infância tinha transcorrido naquela fábrica. A fossa estava escondida e, ao longo dos anos, tinha sido tapada por parte das ampliações que sua família havia feito na fábrica. Naquele momento, era um reduto lamacento e escuro. Adriana afundou uma vara de madeira no chão. Era um pântano.

O som de uma bala moveu as sombras. As mulheres se olharam em silêncio.

(Paciência nas Escadas)

Podia apenas esperar que ela saísse e abordá-la. Não tinha outras possibilidades. Segundo a vizinha, Inés Sánchez saía pelo menos uma vez por semana. Dito isso, ela também alertou, parecia estar sempre de mau humor. Não vai ser fácil, ela disse.

Sebastián começou a se sentar nas escadas no oitavo andar e esperar por horas a fio. Às vezes levava o livro de Alma Briceño e tentava lê-lo. Mas na maior parte do tempo pensava em Elisa. O que lhe estava acontecendo em relação a ela não lhe ocorrera antes com nenhuma outra mulher. Aquilo o deixava ainda mais irritado. Não entendia como aquilo tinha acontecido, como e por que estava daquele jeito, pensando nela o tempo todo, num estado de ansiedade crescente, perguntando onde ela estaria, com quem, por que ela não ligava, por que – pior ainda – não respondia a suas ligações, o que diabos estava acontecendo. Era refém dela. E não entendia como Elisa tinha conseguido, em tão pouco tempo, colocá-lo naquela situação. Ou não. Ou talvez fosse pior. Talvez ele mesmo fora descendo, afundando quase de forma voluntária. Sebastián estava indignado consigo mesmo. Odiava se sentir obcecada por Elisa. Mas parecia incapaz de controlar aquilo, e então a raiva se multiplicava. Haviam feito sexo apenas três vezes, mas a experiência tinha sido extraordinária, memorável. Pelo menos para ele. Aquilo também o subjugava. Fazia parte da sua submissão: a dúvida constante, a insegurança. E se fosse exatamente o que havia acontecido? E se Elisa não tivesse o mesmo parecer? E se ela tivesse mentido, por delicadeza, por cortesia, por interesse? E se para ela a experiência não tivesse sido assim tão memorável nem tão extraordinária?

Pensava: talvez por isso ela tenha inventado tudo aquilo sobre a amiga de quem gostava, que ela tinha beijado.

Pensava: Elisa tem me enviado mensagens de rechaço e eu não as entendi.

Pensava: é uma puta louca que sai com qualquer cara e mais nada. Não fique encanando. É melhor assim. Podia até ter lhe passado uma doença.

Pensava: e ainda por cima eu dou uma de idiota e digo que estou me apaixonando!

Ficava de pé, queria balançar a cabeça, sacudi-la de tal forma que Elisa saísse de uma vez pela sua orelha esquerda e despencasse oito andares. Precisava fazê-la sumir. Era uma situação que o fazia se sentir infantil e ridículo. O pior, o mais absurdo, era que ele não conseguia agir com um mínimo de racionalidade. A despeito de tudo, no final ele sempre acabava ligando, procurando por ela.

Convidou-a a esperar com ele, a dividir um pedaço de escada no oitavo andar.

Sebastián queria falar seriamente sobre o relacionamento. Ela perguntou se ele já tinha ido alguma vez a uma festa de *swing*. Ele disse que não e esperou alguns segundos, depois se cansou de esperar e perguntou por quê? Ela disse: só para saber, e voltou a ficar em silêncio. Ele não resistiu e perguntou se ela já tinha ido alguma vez a uma festa de *swing*. Ela disse: duas. Ele então ficou calado, começou a pensar que tinha sido uma péssima ideia chamá-la.

Depois eles conversaram um pouco sobre o documentário. Ela falou de duas ou três entrevistas que tinha feito, contou-lhe sobre um caso em particular que a havia comovido bastante, uma mulher que tinha ido para uma cidade distante, a uma hora de avião, e lá, no meio de um parque solitário, atirara em si mesma.

– Atirou no coração – ela disse. – Até agora eu não soube de nenhuma mulher que tenha atirado no próprio rosto. Só os homens fazem isso.

Sebastián ficou pensando. Não tinha nada a dizer.

– Até nisso nós somos mais sutis – ela murmurou.

Sebastián foi procurar algo para comer e ela ficou de guarda, com o livro. Quando ele voltou, ela disse que tinha lido vários capítulos. Achou muito bobo, muito brega.

– Não acho que seja para mulheres que vão a festas de *swing* – ele apontou, deixando escapar alguns gramas de ressentimento.

Elisa sorriu. Enquanto comiam, ela contou sobre sua experiência. A primeira vez tinha sido com um namorado anterior, um professor da faculdade com quem ela saiu durante alguns meses. Era onze anos mais velho que ela. Numa noite, ele a convidou para uma festa num local dedicado às trocas. Um casal de amigos do professor estava comemorando o aniversário lá. Tinham alugado o espaço inteiro naquela noite. Só podia participar quem fosse convidado. Era um lugar amplo e muito bem equipado. Ficava no segundo andar de uma casa. Não tinha nenhum aviso, não estava identificado de nenhuma forma. Mas não havia dúvida de que era um negócio bem organizado, com garantias, que contava com a aprovação e a proteção oficial. Tinha um sistema de segurança privada muito eficiente. O professor lhe disse que um membro do Alto Comando ia com certa frequência àquele lugar.

– Não vou negar, no começo eu estava nervosa. Não sabia muito bem o que poderia acontecer.

O lugar tinha um bar amplo, onde era servido todo tipo de bebida. Ao lado, havia uma área mais iluminada, uma espécie de lounge com cadeiras e sofás de vários formatos e estilos. Naquele espaço começavam os primeiros contatos, os olhares e as saudações iniciais, as apresentações. Então, nas laterais da sala, ficavam dois aposentos conhecidos como *play rooms*. Eram cômodos fechados, com menos luz e um volume de música mais alto. Ali, havia camas e sofás, o ambiente era mais descontraído e explícito. Naquela noite, Elisa e o professor foram duas vezes a um dos *play rooms*. Em uma das ocasiões, eles interagiram um pouco com outro casal. Mas só houve beijos e toques entre as duas mulheres.

No resto do tempo, ela e o professor ficaram juntos, fizeram amor furiosamente, com uma excitação diferente, que ela nunca havia sentido antes.

– Você gostou?

– Gostei. Muito. E também fiquei surpresa de ter gostado tanto.

– Mas você ficou só com o seu namorado. Vocês podiam ter feito a mesma coisa num motel, não é?

– É completamente diferente. Você não faz ideia. O que mais me surpreendeu foi que tudo era tão natural. É como se você estivesse em qualquer festa. De repente você sente que há muitos limites que são absurdos, ridículos; que o normal seria que a vida fosse assim, mais livre, sem tantos preconceitos.

Sebastián assentiu. Sem olhar para ela.

– Foi estranho, sabe? Eu me senti poderosa, como se tivesse uma força nova, que nunca havia sentido.

A segunda vez tinha sido com o atual namorado. Ele queria conhecer o lugar, viver a experiência. Foram ao mesmo local, mas numa noite qualquer, como clientes. Tomaram uma bebida com outro casal um pouco mais velho que eles e, em seguida, terminaram os quatro entre as sombras do *play room*. Elisa voltou a falar da liberdade que se sentia, de como de repente a sexualidade entrava em outra dimensão, menos mitificada, mais selvagem e franca, mais humana. Sebastián disse que podia entender tudo aquilo, mas que seu problema era outro, mais simples, mais básico. Ela perguntou qual? Ele disse: vergonha. Ela sorriu. Ele disse apenas que não gostava que ninguém o visse nu.

Terminaram de comer em silêncio. Esperaram mais uma hora.

– Sebas – disse ela, de repente.

Nunca o havia chamado assim. Aquelas duas sílabas enfeitiçaram Sebastián.

– O que você me disse no outro dia, que você estava se apaixonando, é verdade?

– Com certeza. É o que eu sinto.

– Mesmo com tudo o que eu disse, com tudo o que você sabe sobre mim?

Sebastián ficou um pouco alerta. Temia que estivesse entrando em uma zona especial, propícia a golpes baixos.

– Por que você está perguntando isso? Você acha ruim que isso esteja acontecendo comigo?

Elisa sorriu novamente. Toda vez que isso acontecia, Sebastián se sentia mais frágil.

– Não. Nem um pouco – ela disse, sem deixar de sorrir. – Na verdade, me sinto comovida por você me dizer isso. Não sei. Me parece feminino.

Sebastián ficou confuso, mas nem teve tempo de reagir. Assim que ouviu o rangido da porta, olhou para cima. Inés Sánchez estava saindo do apartamento.

Imaginara-a de outra forma. Ela lhe pareceu mais velha, mais enxuta. Quando seus olhares se encontraram, Inés imediatamente se retraiu. Os músculos do seu rosto se esticaram, conferindo-lhe uma expressão mais dura. Sebastián hesitou por um segundo.

– Eu estava esperando pela senhora – ele disse suavemente.

Inés o fitou de alto a baixo, como se quisesse capturar bem sua imagem para depois poder escavar em sua memória. Elisa também se aproximou.

A mulher virou a chave, girando a fechadura na grade que protegia a porta. Estava com uma bolsa de pano pendurada no braço.

– O que vocês querem? – perguntou, sem olhar para eles.

– Queremos falar com a senhora.

Inés virou um pouco o corpo, cravou as pupilas em Sebastián.

– Sobre o quê?

Sebastián hesitou por alguns segundos, depois se pôs na frente dela.

– Sou o filho de Magaly – respondeu, sem alterar o olhar.

Inés apertou contra as costelas o braço onde estava a bolsa. Esteve a ponto de dizer algo, mas depois se arrependeu e começou a andar em direção ao elevador.

– Não tenho nada para falar com vocês – resmungou.

Com um dedo, ela chamou o elevador. Um ruído surdo de metais ressoou em algum andar inferior. Sebastián deu dois passos e se colocou ao lado dela. Pegou o celular e o mostrou.

– Também posso ligar para a polícia – alertou.

Elisa olhou para ele, surpresa. Inés sorriu, incomodada, nervosa. Voltou a mergulhar o dedo no botão.

– Não vou sair daqui até saber exatamente o que aconteceu com a minha mãe.

Inés olhou impacientemente para as duas folhas de metal fechadas diante dela. Uma luz fraca anunciou que o elevador ainda estava no quarto andar.

– Sabemos tudo sobre o clube.

Inés se moveu de forma brusca. Olhou para ele desafiadoramente. Sebastián sentiu o peso de suas pupilas como dois dedais de chumbo caindo sobre ele. As portas do elevador rangeram ao se abrirem. Sebastián olhou para dentro. O espelho estava rachado. Não sabia mais o que dizer. A única coisa que lhe ocorreu foi erguer o livro e o colocar diante dos olhos da mulher. Inés viu a capa. Sebastián esperou alguns segundos. As portas se fecharam suavemente. Seus olhos voltaram a se encontrar. Sebastián continuava com as duas mãos a meia altura. Em uma, segurava o celular; na outra, empunhava o livro de Alma Briceño.

Inés ficou em silêncio e, em seguida, sem abandonar seu ricto severo, sua expressão de gravidade, voltou muito lentamente sobre seus passos, abriu a porta do seu apartamento e, com um gesto áspero, convidou-os a entrar.

(Peixes e Seringas)

Nenhuma delas perguntou o que exatamente tinha acontecido no banheiro da fábrica. Nem Teresa deu qualquer explicação. A única coisa que as unia naquela lembrança era o som do tiro. Também não havia qualquer informação pública sobre o desaparecimento de Sonia Méndez. Talvez o Alto Comando controlasse tais notícias, evitasse a publicação para não gerar temores ou fantasias na população. Teresa ouviu em uma rádio clandestina chamada Resistência que aparentemente havia muitos rumores sobre prisões e investigações dentro das Forças Armadas. Mais nada.

Na quarta-feira seguinte, elas se encontraram, como se nada tivesse acontecido, no apartamento de Inés. Teresa levou uma garrafa de vinho.

– É a vez de quem escolher agora? – Leonor perguntou.

Discutiram por alguns minutos e decidiram que, seguindo a ordem, era a vez de Magaly. Mas Magaly não tinha nenhuma proposta. Ficou pensando por alguns segundos e disse que, na verdade, ainda estava presa ao livro de Alma Briceño. A mera menção da autora introduziu um clima diferente. Inés ergueu as sobrancelhas, reprimindo uma careta, Adriana deteve o movimento de levar um pedaço de pão à boca, Teresa e Leonor trocaram um olhar. A circulação das palavras entre todas elas de repente mudou. Magaly juntou as mãos, sem deixar de mover os dedos.

– Eu também preciso de ajuda – ela sussurrou.

Um dos sintomas mais frequentes de qualquer doença aparece nos computadores. É um reflexo habitual de qualquer paciente ou de seus familiares. Magaly não foi exceção. A partir do momento em que seu marido recebeu o diagnóstico até a sua morte, sempre aumentando a frequência e o tempo de uso da internet, Magaly estabeleceu uma nova rotina: todas as noites ela se sentava na frente do monitor e mergulhava em qualquer página de busca, tentando obter novas informações sobre a doença e seus possíveis tratamentos. Tornou-se uma especialista em diabetes tipo 1. Mas isso não foi suficiente. A cada noite ela queria mais e a cada noite obtinha mais. A rede estabelece relações insaciáveis. Se Roberto tinha comido menos naquele dia, Magaly se sentava e, com rápidos movimentos, deixando cair a ponta dos dedos nas teclas, escrevia: diabetes e falta de apetite. Ou senão: diabetes tipo 1 e falta de apetite. Ou então: diabéticos e falta de apetite. Ou senão: todas aquelas mesmas variáveis, mas usando a palavra inapetência em vez de falta de apetite. Ou senão: a mesma coisa, mas com a palavra anorexia. As possibilidades de busca se multiplicavam, e Magaly acabava sempre indo se deitar de madrugada. A Internet pode viciar tanto quanto a heroína. No dia em que, numa visita de rotina, o médico receitou que Roberto começasse a tomar uma pequena dose de cortisona todas as manhãs, Magaly teve dificuldade em esperar até de noite. Com uma ansiedade quase ofegante, ela se lançou ao seu computador à tarde e começou a vasculhar na rede. Viu tudo o que podia. Ou quase tudo: sempre pode haver mais. Entendeu que a cortisona deve ser administrada, tanto para iniciar quanto para terminar o seu consumo, de forma gradual. É um anti-inflamatório poderoso, também ajuda com o apetite, mas costuma ter algumas consequências incômodas: em alguns casos, por exemplo, gera grande irritabilidade nos pacientes. Magaly pesquisou e leu durante muitas horas. Seu corpo permaneceu inclinado sobre a luz da tela, como se na verdade a qualquer momento pudesse se fundir com ela, cair e naufragar, e acabar sendo devorada por aquele brilho cintilante.

Às duas da manhã, quando finalmente deslizou no seu lado da cama, descobriu que Roberto estava acordado. Seus olhos abertos estavam apontados para o teto e um de seus braços estava dobrado para trás, suspenso entre o travesseiro e a sua cabeça.

– O que você fica fazendo sempre acordada até tão tarde? – ele perguntou, com mais curiosidade do que recriminação.

– Bobagem, olhando coisas na Internet.

Roberto assentiu. Ela se aproximou um pouco, ergueu-se, beijou-o na testa.

– Está se sentindo mal? – perguntou.

Ele negou com um movimento de cabeça, mas continuou olhando para o teto. Magaly suspirou e voltou ao seu lugar, começou a se ajeitar na cama.

– Tem uma coisa que eu quero lhe pedir – disse Roberto, depois de alguns instantes.

Magaly estava afofando o travesseiro e parou imediatamente. Notou logo o tom que seu marido usava, entendeu que se tratava de algo importante.

– Aconteça o que acontecer, não quero acabar confinado numa clínica.

Magaly sentiu que tinha dificuldade para engolir.

– É a única coisa que eu lhe peço, Magaly. Se acontecer algo grave, se eu ficar muito mal, não quero que insistam em me salvar. Odeio a ideia de viver uma vida artificial, cercado por seringas e por bolsas com soro e vitaminas.

Passaram alguns segundos em silêncio até que ela conseguiu organizar um pouco as palavras. Disse que aquilo não dependia dela, que além do mais nem sempre era possível tomar aquele tipo de decisão, que em situações extremas eles não costumavam deixar que os pacientes ou seus familiares decidissem nada.

– É por isso que eu estou lhe dizendo agora; por isso que eu estou lhe pedindo.

– Mas...

Roberto se moveu, destemperado, interrompeu-a falando alto, agitado.

– É o meu corpo, caralho! É a porra da minha vida! Será que não posso decidir sobre isso? Antes de ser um doente inútil, eu prefiro morrer! É só isso!

Magaly se retraiu no seu lado da cama. Virou-se suavemente, dando as costas para ele, estendeu a mão para desligar a pequena luminária que estava sobre o criado.

– Boa noite, Roberto – murmurou.

O marido continuou na mesma posição. Os dois permaneceram um minuto ou dois sem se mover, mas com os olhos abertos.

– Desculpa – Roberto falou com dificuldade, tentando conter sua vontade de chorar.

Não conseguiu. Soluçou com raiva, com vergonha. Magaly se virou imediatamente. Ele também se moveu, os dois ficaram frente a frente, deitados. Roberto encolheu um pouco o rosto, era óbvio que a situação o envergonhava.

– Eu que peço desculpas – ela sussurrou. – Para mim também, tudo isso é muito difícil.

Roberto começou a assentir enquanto, com os dedos, enxugava as lágrimas, apertando com força as bochechas, como se desejasse apagar as lágrimas. Liquidá-las. Depois deu um forte sopro e colocou suas mãos sobre as mãos dela.

– Se isso piorar, não faz sentido continuar vivo, Maga – sussurrou ternamente.

– Mas os médicos dizem que...

– Não me importa o que os médicos dizem. Lembra o que aconteceu com a sua mãe?

Magaly concordou. Os últimos meses de vida da sua mãe haviam sido uma travessia aterrorizante por diferentes tratamentos. Os remédios tinham acabado sendo ainda mais terríveis e devastadores que a própria doença.

– Jure isso pra mim – disse Roberto. – Jure que você não vai deixar que a mesma coisa aconteça comigo. Não quero viver assim.

Magaly relatou sua experiência sem economizar adjetivos. Infelizmente, como Roberto temia, sua vida estava lentamente se tornando um abismo cheio de pílulas e seringas. A única sina da doença do marido era piorar. E aquilo acontecia muito lentamente. Ele estava morrendo a conta-gotas, gerando um sofrimento e uma deterioração tão grandes que, no final, a ideia de sua morte acabava sendo um desejo, uma motivação. A situação do país também não ajudava. A busca por remédios, às vezes também por médicos especialistas, representava um desgaste adicional. Magaly havia suportado com inquebrantável estoicismo durante um longo tempo, mas naquele momento já sentia que estava perdendo a batalha contra a angústia.

– O inferno, na realidade, é uma clínica – murmurou.

O tratamento de Roberto Ruiz o afetava e muitas vezes ele sofria de náuseas e vômitos. Magaly tinha treinado sua paciência, acompanhando-o da melhor maneira por muitas noites. Levava-o ao banheiro ou lhe dava um penico para que ele pudesse vomitar sem precisar sair da cama. Às vezes, ele também tinha diarreia. Era pior, porque ela também tinha de limpá-lo e lavá-lo. Os dois desciam ao pior da condição humana. O fato de que os órgãos sexuais sejam também os órgãos excretores é, sem dúvida, o pior erro da natureza. A alternativa, já em termos religiosos, é pensar que Deus estava distraído quando projetou os órgãos genitais do homem e da mulher.

– Não aguento o cheiro, não posso limpá-lo mais.

Todas podiam imaginar perfeitamente o que ela queria dizer. Mais de uma delas lembrou a referência ao olfato feminino no livro de Alma Briceño. Mas o lamento de Magaly tinha a ver com o simples cansaço de viver ao lado de um paciente, com a terrível sensação de estar doente sem estar doente. Certa vez, em uma das internações, quando o doutor Reinaldi apareceu para conversar na sala da clínica, Roberto quis ficar sozinho com ele, e pediu a Magaly para sair. Não podia acreditar naquilo. Ela, que cuidava dele e o lavava, que limpava a bunda dele, que o abraçava quando ele gritava e chorava de dor ou de medo; ela, que o levava correndo ao hospital a qualquer hora, que tinha passado dias em corredores de clínicas ou sentada em salas de espera de prontos-socorros; ela, que procurava remédios por toda a cidade, que brigava com o seguro, que enfrentava os departamentos administrativos dos hospitais; ela tinha que sair, que ir embora, ela estava sendo expulsa do conhecimento, para seu próprio bem, estava sendo isolada da verdade.

– Não sei se vocês lembram do quarto capítulo do...

– Puta merda, Magaly! – exclamou Inés, interrompendo-a, tão indignada quanto surpresa. –Você também vai citar esse livro?

O exercício que aquele capítulo propunha era muito simples. Era, de acordo com a escritora, uma experiência eficaz de autoafirmação, uma parada necessária – ela assinalava – para nos lembrarmos diariamente de quem está no centro de nossas vidas. O exercício consistia em parar na frente de um espelho e, em voz alta, olhando-se fixamente, fazer várias perguntas a si mesma: Quem é a pessoa mais importante na sua vida? Quem é a pessoa que pode se preocupar mais com você? A quem você pode amar mais do que a qualquer outra pessoa? A quem você deve realmente entregar sua própria vida? A autora sugeria fazer uma pequena pausa entre cada pergunta, parando para olhar o espelho, deixando a resposta do espelho entrar lentamente na consciência, ponderando com profundidade o peso e o valor daquele reflexo. O livro desenvolvia muitas perguntas, diferentes variações das mesmas questões, mas todas apontavam para a mesma coisa: devia ser acima de tudo um ato de consciência, um instrumento cotidiano para não se deixar dominar pelos outros, para nunca esquecer de si mesmo.

Todas permaneceram em silêncio por alguns segundos, até que Leonor lançou uma frase, como se fosse a única conclusão lógica:

– Te daria a minha vida…

As reticências rolaram sobre a mesa até pararem perto das azeitonas. Teresa assentiu. Magaly levantou o rosto.

– Mas a estou usando – disse Adriana, como se estivesse completando uma equação.

– Preciso de mais vinho – murmurou Inés, procurando um pouco de paciência no fundo do copo.

Quando ocorreu a crise seguinte do seu marido, Magaly ligou para o clube.

Naquela manhã, Roberto acordara muito cedo, sacudido pela tosse. Ao ouvir os espasmos, Magaly continuou deitada na cama e só esticou o braço em direção a ele. Uma gota de sangue na camisa do pijama molhou a ponta do seu indicador.

Magaly se levantou rapidamente, desembaraçou-se do sono de forma elétrica e pulou da cama, enunciando várias vezes o nome do marido, chamando-o e perguntando o que está acontecendo, deu a volta e conseguiu chegar onde ele estava, quase na borda da cama, ainda tossindo, ofegando, tentando respirar em meio ao catarro e de mais gotas de sangue. Roberto se agarrou a ela, apertando-a com os dois braços.

– Vou ligar para o doutor Reinaldi – ela disse.

Ele meneou a cabeça, negando. Levantou um pouco a mão esquerda e abriu a palma, pedindo tempo, espera.

– Olhe para você!

Roberto repetiu o gesto com a mão. Duas vezes. Era uma súplica. Mas Magaly não a atendeu. Disse a ele que se acalmasse, que ela ia buscar um copo de água na cozinha e, ao ficar sozinha, na frente do fogão, pegou o telefone e ligou para o doutor Reinaldi, explicou a situação e ele ordenou que eles fossem imediatamente para a clínica. Depois ela telefonou para Inés. Só lhe disse três palavras.

Enquanto seguiam no carro para o hospital, Roberto manteve uma careta severa amarrada no rosto. Mas continuou tossindo. O guardanapo de papel em sua mão ficava cada vez mais vermelho. Nenhum dos dois tivera tempo de trocar de roupa, o cheiro de cama, de resíduos noturnos, ainda os envolvia.

– Isso não era necessário – murmurou ele, sem deixar de olhar para a frente.

O carro parou num semáforo.

– Lembra do que nós conversamos – sentenciou Roberto, na mesma posição.

– O quê?

Mais do que nervoso, Roberto estava impaciente, de mau humor. Olhou um pouco pela janela para o outro lado.

– Aquilo que eu lhe pedi.

– Vamos esperar para ver o que Reinaldi diz.

– Já falei com Reinaldi. Eu disse a ele na última vez. Disse que não queria que fizessem nada comigo. Não quero transfusão nenhuma, caralho.

Magaly pensou que o semáforo talvez tivesse pifado, que a luz tivesse ficado acesa no vermelho para sempre.

– Não podemos deixar você morrer – ela disse, depois de uma pausa, apertando os dentes.

– É exatamente isso o que eu estou lhe pedindo. Não mexam mais com o meu corpo! Deixem a porra da natureza fazer o trabalho dela!

A luz ficou verde e Magaly pisou fundo no acelerador.

Entraram pelo pronto-socorro. Roberto passou dois dias na UTI. Durante esse tempo, somente Inés foi ver Magaly e compartilhou as horas e as angústias com ela. Conheceu todas as enfermeiras, falou com os médicos, deixando claro que era uma amiga muito próxima. Era tudo parte da mesma conspiração que elas tinham tramado. Quando o quadro geral ficou mais estável e os médicos decidiram transferir Roberto para um quarto, ativou-se então a próxima fase: a atividade. No segundo dia, quando a situação começava a entrar naquela estranha normalidade dentro de um episódio crítico, elas decidiram que o momento de agir tinha chegado. Inés foi buscar Magaly às três da tarde. Levou bolachas caseiras de aveia para as enfermeiras, conversou um pouco com elas, comentou como Magaly estava arrasada, falou de Sebastián, da tristeza de estar sozinha em uma situação como aquela. Depois, com uma cumplicidade quase fraternal, disse que a levaria para casa por algumas horas, para que ela tomasse banho e trocasse de roupa, para que comesse algo quente. As enfermeiras a apoiaram e disseram que prestariam atenção especial a Roberto.

Magaly e Inés saíram tranquilamente pela porta principal da clínica. No estacionamento, antes de entrar no carro, Magaly de repente pareceu vacilar. Estava prestes a abrir a porta e parou. Inés estava do outro lado, esperando que ela abrisse para se sentar no lugar do carona. Fitaram-se por um instante. O teto azul do carro parecia um retângulo de mar, frio e opaco, estendido entre elas.

– Você sabe que está fazendo isso por ele, não sabe? – disse Inés.

Magaly concordou com a cabeça.

– Foi o que ele pediu para você fazer.

– Bom. Ele também não disse assim, não disse claramente que...

Não terminou a frase. Não teve coragem. Elas continuaram olhando uma para a outra, sem mudar de posição, por alguns segundos.

– Quer desistir?

Magaly só baixou sua cabeça e a pousou suavemente na borda do teto do carro.

– Ainda dá tempo – esclareceu Inés.

Elas se fitaram. Magaly meneou a cabeça negativamente. O mar permaneceu imóvel entre as duas.

Uma hora e meia depois, Teresa e Adriana entraram na clínica. Chegaram com um presente, perguntaram na recepção onde ficava o setor da maternidade. Subiram de elevador até o quinto andar. Leonor tinha ficado de fora e estava chateada, queria participar de alguma forma. Então a encarregaram da insulina. Nem sempre era fácil obtê-la. Além disso, ela precisava comprar pelo menos dois cartuchos com pequenas doses, em várias farmácias espalhadas por toda a cidade, para atingir a quantidade necessária sem levantar suspeitas. Em tempos de escassez, o desafio era ainda maior. Mas Leonor se dedicou àquilo com teimoso afinco. Foi sua maneira de compensar, de mitigar sua ausência no local da atividade naquela tarde.

Magaly não conseguiu tomar banho. Não havia água. Dedicou-se a tomar café e a conversar com Inés. Estava transtornada, não conseguia ficar quieta. Andava de um lado para o outro, falava sem parar, ou de repente mergulhava num silêncio seco. Inés tentou apaziguá-la, trocou o café por um chá natural, de ervas, perguntou-lhe sobre sua infância, tentou fazê-la pensar em outra coisa e falar sobre ela.

Adriana e Teresa percorreram o corredor no quinto andar, com suas flores, seus balões e seus presentes, procurando onde ficava o banheiro. Adriana estava mais nervosa; movia a cabeça, querendo olhar para muitos lugares ao mesmo tempo. Teresa parecia concentrada e serena.

– E se a gente encontrar algum conhecido? Pode acontecer.

– Calma – viu o letreiro um passo à frente. – É ali. Vamos. E pare de balançar a cabeça assim, por favor.

Elas entraram, certificaram-se de que não havia mais ninguém, trancaram a porta e abriram o presente rápido. Dentro havia um jaleco de médico. Adriana o vestiu rapidamente enquanto Teresa rasgava o embrulho e o deixava cair no vaso. Teve que dar descarga várias vezes, até que ele desapareceu por completo. Enquanto isso, Adriana mudava o penteado na frente do espelho e aplicava mais maquiagem no rosto. Teresa parou ao lado dela e a fitou através do espelho. Perguntou como ela se sentia, Adriana estava pintando os lábios, não disse nada. Teresa perguntou se ela tinha certeza, você consegue?, ela insistiu, conseguindo fazer com que Adriana lhe dedicasse um olhar feroz, conclusivo. Teresa entendeu e pegou então sua bolsa, tirou uma seringa e dois cartuchos de insulina.

– São dez litros. Você sabe o que tem de fazer. Adriana olhou para a seringa.

Meu pai me chamava de peixinho. Magaly estava falando sobre sua infância. Inés não estava muito interessada, mas achava que era a maneira mais eficiente de distraí-la, de evitar que ela pensasse no marido, no que estava acontecendo na clínica. Magaly contou que, quando era criança, quando a família morava na antiga casa da avó, todas as tardes ela escapulia para o segundo andar, procurando o banheiro do quarto principal. Ela amava os seus pisos de mosaicos amplos, com desenhos azuis, no centro havia uma enorme banheira antiga. Parecia um hipopótamo branco e gelado, eternamente adormecido no meio do banheiro. Magaly a enchia com água quente e depois se despia e passava pelo menos duas horas ali, cantarolando, movendo-se, apreciando a lenta mudança de temperatura pela qual a água ia passando. As críticas da mãe sempre foram inúteis. O pai achava a cena inofensiva e divertida. Meu peixinho, ele dizia. Provavelmente desde então, Magaly passou a associar a experiência da banheira ao prazer, à tranquilidade, à segurança.

Desceram para o terceiro andar pelas escadas. Enquanto Teresa circulava pelo corredor, para a eventualidade de algum médico ou enfermeiro querer entrar na sala de modo imprevisto, Adriana já estava dentro, frente a frente com o alvo. Não esperava que Roberto estivesse acordado. Viu-o abrir os olhos e olhar para ela e sorrir um pouco tolamente, como sorri qualquer pessoa deitada diante de um médico que está de pé. E ele ainda disse: olá, doutora, e estendeu a mão, tateando o ar, procurando por ela. Naquele instante, Adriana sentiu que algo dentro dela desmoronava. Inapelavelmente e sem remédio. Viu todas as suas palavras desgarradas, desabando. Por que se oferecera? Para quê?

O debate havia sido longo e complicado. Todas concordaram que Magaly não poderia agir diretamente, não deveria ser a responsável final. Consideravam que não apenas não era conveniente, pois ela poderia sofrer um ataque nervoso, pois era uma situação muito intensa, muito crua; também acreditavam que o clube devia salvá-la daquela lembrança. Essa era uma parte fundamental da atividade. Que Magaly pudesse continuar vivendo sem o tormento da lembrança. Que pudesse esquecer, assumir que realmente seu marido tivera um desenlace natural. Na hora de decidir como se repartiriam as tarefas, Adriana se adiantou e logo de início se ofereceu. Ela injetaria a insulina. As outras a fitaram com espanto e concordaram.

Pensou talvez que seria fácil? Achou que teria apenas de entrar, pôr a seringa na bolsa de soro e pressioná-la, de forma simples, limpa, asséptica? Será que no fundo, ingenuamente, ela quis aproveitar a oportunidade para virar o jogo, para ser a protagonista, para ser uma heroína, ainda que só por uma vez e de forma provisória?

Adriana estendeu a mão, controlando seu tremor, na direção dele. Roberto a pegou. A seringa pesava como uma bigorna dentro do jaleco. Adriana prendeu a respiração, sentiu uma ânsia. Roberto a puxou para si, forçou-a a se abaixar, queria falar com ela. Ela se inclinou e colocou a orelha muito perto dos lábios dele. Enquanto o ouvia, sentiu que estava suando excessivamente, que estava com muito calor, que o jaleco estava se encharcando. Dando um grande suspiro, ela se ergueu até ficar mais uma vez em posição vertical, sobre as próprias pernas. Roberto a fitava à espera de uma resposta. Adriana começou a falar sem muito sentido sobre o que ela tinha de fazer, que ela só tinha vindo para ministrar uma dose, disse, sem dar mais detalhes, enquanto tentava remover a seringa da embalagem e carregar os cartuchos. Mas suas mãos pareciam um par de iguanas intumescidas. Estavam pesadas, canhestras. Adriana sentia o suor no nariz, nas pálpebras, nos lábios. Quis gritar, entregar-se ao choro. Até que o plástico finalmente cedeu e ela conseguiu tirar a seringa. Levantou-a e extraiu o líquido dos dois cartuchos. Inseriu a seringa na abertura da bolsa de soro e, concentrando seu olhar numa parede, afundou o polegar. Não conseguiu voltar a olhar para Roberto.

Magaly ainda estava falando sobre a bondade da água quando o telefone tocou. Era uma ligação da clínica. Precisava voltar imediatamente. O marido dela tinha acabado de morrer.

Meu peixinho.

– Então me diga, o que você vai contar à polícia?

Inés tinha acabado de colocar um saquinho de chá em uma xícara de água fumegante. Era um luxo que raramente ela se dava. Sebastián e Elisa estavam sentados diante dela. Numa mesa baixa, havia um jarro de água e dois copos. Inés fitava Sebastián com uma expressão condescendente. Ele estendeu os braços um pouco, buscou um gesto que pudesse substituir as palavras.

– Foi uma ameaça, não foi?

Ela aproximou os lábios da xícara como se fosse fumá-la.

Sebastián olhou para Elisa, em busca de ajuda. Elisa fez uma careta de volta, não sabia como ajudá-lo. Às vezes, a transparência é uma obrigação. Sebastián não teve escolha a não ser agir com franqueza. Contou a ela o que sabia, o que havia investigado, o que intuía, o que podia especular ou suspeitar. Confessou que estava desesperado. Que não tinha mais para onde ir, o que procurar. Ela era a sua última chance. Ele precisava saber a verdade.

O semblante de Inés se distendeu, sua atitude corporal se transformou, se soltou. Em certo momento, ela pareceu até enternecida. Apressou-se a tomar outro gole da xícara, aproveitando o movimento para disfarçar.

– Só quero saber o que aconteceu – murmurou, por fim, Sebastián. – Por favor.

Inés se ajeitou na poltrona. Perguntou quem era Elisa. Sebastián pegou a mão dela e disse que era sua namorada. Inés assentiu e depois avisou que não gostava de ser interrompida. Também disse que eles não tinham a menor ideia do que havia acontecido, que iam ficar surpresos. E ainda os preveniu: vou confiar em você, ela enfatizou, olhando diretamente para Sebastián. Mas se você for à polícia depois de me ouvir, eu lhe garanto que você vai acabar na prisão.

– Tudo começou com um livro que parecia ser inofensivo. Na verdade, era uma merda de livro e eu disse isso a elas. Mas todas o acharam genial, até a sua mãe no final ficou entusiasmada.

Inés apontou para o livro que Elisa tinha sobre as pernas. Depois desviou o olhar para uma prateleira e garantiu que ali, também, devia estar seu exemplar.

– Não sei se vocês leram. É um texto de superação pessoal, daqueles típicos; um livro contra o amor romântico que brinca com todos aqueles estereótipos da suposta sentimentalidade feminina.

Depois, porém, ela reconheceu que não sabia muito bem o que havia acontecido, que ainda não entendia por que nem como, mas que aquela leitura, e a discussão que o clube foi entabulando sobre aquele livro, de repente ativou outra dinâmica, deu vazão a uma loucura, trouxe à tona dores, raivas, desejos, delírios… Deu o exemplo de Leonor, falou sobre ela, contou-lhes sobre sua vida e depois, sem poupar nenhum detalhe, narrou tudo o que havia acontecido com Diego Ponte.

Sebastián empalideceu. Elisa, no início, pensou que ela estava brincando. Em seguida deduziu que ela simplesmente estava louca, que dizia maluquices. Depois juntou os joelhos e deixou escapar uma pergunta boba:

– Você está falando sério?

Um olhar severo de Inés foi suficiente.

Ela explicou como a partir daí a própria dinâmica entre elas se transformara. Não deixaram de ser amigas, mas também eram algo mais: cúmplices. Contou sobre Teresa, sua história no quartel e o desenlace na fábrica. Sebastián e Elisa estavam cada vez mais chocados. Eles se olhavam sem saber muito bem como reagir. O que podiam fazer? Ir embora?

Inés tentou ser franca, sem arrogância, mas também sem pudores. Disse que compreendia perfeitamente a perplexidade deles. Vocês queriam saber a verdade sobre o clube, não queriam? Essa é a verdade. Não sobrou ninguém, só eu, ela disse. E eu não me importo com mais nada.

Sebastián obviamente queria chegar ao suicídio da mãe. Elisa, abismada, olhava e ouvia Inés com um misto de espanto e admiração.

– Nós aprendemos a matar – disse Inés, de repente, pesando cada palavra. – Aprendemos que matar é fácil. Que não dá ressaca. Que não provoca necessariamente culpa. Que às vezes faz bem.

Elisa não conseguia parar de olhar para ela. No entanto, estendeu delicadamente a mão, procurando a mão de Sebastián.

– Nós aprendemos a matar – continuou Inés, e depois fez uma pausa, balançou suavemente a cabeça, voltou a olhar para eles. – E gostamos. Gostamos de matar.

Sebastián perguntou onde era o banheiro. Inés lhe mostrou. Depois de entrar, ele se sentou no vaso, mas sequer levantou a tampa. Precisava ficar sozinho por um instante, respirar outro ar, deixar cair a cabeça entre as mãos abertas. Já não sabia se queria ou não chegar à história da sua mãe. Ficou de pé, olhou-se no espelho. Acionou a descarga, supondo que a ouviriam da sala. Não aconteceu nada. Não havia água. Olhou-se no espelho e, mesmo sem se molhar, secou o rosto com a toalha.

Quando voltou, Elisa tinha mudado de lugar, estava mais perto de Inés. Elas pareciam conversar com mais confiança, mas ao vê-lo chegar se calaram.

– Estávamos falando sobre a outra integrante do clube – Elisa adiantou, como se pedisse desculpas.

Sebastián assentiu e se sentou na cadeira que estava desocupada. Era evidente que seu interesse e sua ansiedade se moviam em outra direção. Sentia que Inés, sorrateiramente, estava evitando o assunto. Toda a conversa parecia seguir um roteiro, um roteiro que ia particularizando todas as outras mulheres, enquanto adiava constantemente qualquer referência à sua mãe. Não entendia por quê.

Isto foi o que Inés contou sobre Adriana Muñoz: aparentemente ela era a mais estável do grupo, levando uma vida que parecia tirada do manual de instruções de uma típica mulher de classe média. Era casada, tinha dois filhos. Seu casamento era mais ou menos medíocre e mais ou menos feliz. Às vezes é a mesma coisa, ressaltou Inés. Elisa não conseguiu evitar que lhe aflorasse um sorriso.

Adriana havia chegado ao clube querendo escapar da asfixia de sua existência. Não tinha um relacionamento ruim com o marido, mas queria outra coisa, esperava algo mais da sua vida naquele momento. Seu marido era um homem básico. Nada do que lhe acontecia, ou do que ocorria à sua volta, provocava-lhe qualquer indagação. Ele era um homem bom, mas sem graça. Seu pior defeito era inofensivo, mas letal: não tinha curiosidade. Ia trabalhar, cumpria as suas obrigações, assistia aos jogos na televisão, educava seus filhos com gritos e ordens, sem qualquer argumento; pensava que o sexo era a única intensidade possível entre um homem e uma mulher. Essa era a única aspiração em sua vida. Queria trepar mais com a esposa. Ou ele queria trepar mais em geral, em sua vida, e sentia que sua esposa devia resolver aquele problema; que Adriana estava lá para isso, que ela estava perto e era de graça.

– Se eu fosse mulher, seria puta – Adriana dizia que seu marido sempre dizia.

E muitas vezes ele se queixava do pouco apetite carnal que ela demonstrava. De vez em quando sentia ciúme, suspeitava que ela talvez tivesse um amante. Adriana às vezes cedia diante da insistência do marido e eles faziam sexo, mais ou menos rápido, mais ou menos emocionante, mais ou menos sem sentido. Adriana não entendia como ele não se importava de saber que ela dormia com ele por pura obrigação, para se livrar, para se desincumbir. Seu marido não reparava. Depois de trepar, ele adormecia com invejável facilidade. Ou, dependendo da hora, ausentava-se por um tempo, assistindo à televisão. Jamais lera um livro em sua vida. Mas era um bom homem. Quando Adriana ficou doente, seu marido a acompanhou de forma leal e solidária. Cuidou dos filhos e dela durante todo o processo de quimioterapia. À sua maneira, mesmo sem muita densidade interior, sempre foi um amigo próximo. Na véspera da cirurgia, ele chorou na frente dela no quarto da clínica e lhe pediu que não morresse.

Aquela experiência os uniu muito. Eles viveram meses de maior intimidade. Adriana se sentiu consolada, acompanhada. Logo tudo voltou a ser como antes, mais ou menos medíocre e mais ou menos feliz. Assim são as coisas. Adriana chegou ao clube naquela época. Estava desesperada novamente, precisava de um espaço distinto, que lhe permitisse nutrir-se para que pudesse retomar a própria vida. Adriana foi, junto com Leonor, a leitora mais entusiasta de Alma Briceño.

– Ela garantiu que este livro a havia transformado por dentro. Digo isso porque foi como ela disse. Com essas mesmas palavras.

Ela fez todos os exercícios, sabia frases de cor, estava realmente entusiasmada. Quando Leonor matou Diego Ponte e todas decidiram apoiá-la e acobertá-la, Inés começou a se preocupar. Viu um fio fino, mas muito poderoso, que poderia entrelaçar aquela experiência e a futura morte do marido de Adriana. Temeu que o pior acontecesse.

O que é preciso para matar outro ser humano? Um motivo? Apenas isso? Inés não tinha tanta certeza. É necessário também autocontrole, muita confiança em si mesma? Talvez, mas Inés acreditava que faltava ainda outra coisa. Não sabia muito bem o que era. Mas Adriana não tinha aquilo. Numa quarta-feira à tarde, no final de uma reunião do clube, ela contou a história de um homem que morava no seu prédio. Era um sujeito desagradável e violento. Morava com uma mulher, embora eles não fossem casados. Eram só namorados, disse Adriana, não tinham filhos. Brigavam muito. Frequentemente se ouviam os gritos dos dois. Um dia, ela encheu o elevador com todas as roupas dele. Jogou-as ali de qualquer jeito. Sujas e limpas, tudo misturado. Camisas e calças, cuecas e meias, e também ternos e gravatas. Uma pequena montanha de panos dentro de um elevador. Mas ele nunca as pegou. Todas as roupas dele ficaram lá dentro, subindo e descendo, dividindo o espaço com os outros vizinhos. Até que de manhã, misteriosamente, o elevador amanheceu novamente vazio.

Duas noites atrás, os gritos foram diferentes, Adriana contou naquela tarde. Eram mais altos, mais desesperados. Ela se queixava e pedia ajuda. De todos os apartamentos, nós podíamos ouvi-la claramente. Mas ninguém saiu. Por favor! Me ajudem!, ela gritava. Ele vai me matar!, ela berrava, chorando, desesperada. Meu marido quis sair, mas eu não deixei, disse que não. E se aquele sujeito estivesse armado? E se lhe desse um tiro por se meter na briga? Outro vizinho já havia chamado a polícia, mas eles demoravam muito para chegar. E a mulher continuava gritando. Era horrível. Ela dizia "ai" e eu imaginava tudo. Eu a ouvia pedir ajuda e tinha vontade de chorar. Queria arrancar minhas orelhas.

A polícia levou o sujeito preso e a mulher teve que ir para o hospital. Estava com o rosto roxo e o septo do nariz fraturado. Mas três dias depois eles estavam juntos de novo. A mulher pediu aos vizinhos para retirarem as queixas contra o namorado.

Adriana deixou a história no ar, aberta, como se esperasse que o clube lhe desse uma conclusão. Mas as outras não disseram nada. Adriana quis insistir, disse que algo precisava ser feito, que um homem como aquele não merecia estar vivo. Inés decidiu pressioná-la e perguntou se ela queria mesmo matá-lo, se era capaz de fazer aquilo. Adriana disse que sim. E citou Alma Briceño: como mulher, você pode fazer tudo o que se propuser. Às vezes, você só precisa dar o primeiro passo.

– Você já tem um plano? O que está propondo? Qual é o seu primeiro passo? – Inés perguntou.

Adriana emudeceu. Até corou um pouco. Não tinha um plano. Não sabia o que fazer. Só queria matar.

– Isso significa que Adriana não matou ninguém – Sebastián foi direto –, não é mesmo?

Inés ficou em silêncio por alguns instantes, indecisa. Por trás de seus olhos, de repente, passou a imagem de Adriana, em um inusitado arrebatamento, oferecendo-se para injetar insulina em Roberto Ruiz.

– Ela matou ou não matou alguém, caralho? – ele perguntou, áspero, insistente.

O olhar de Sebastián estava cravado nela. Inés negou, meneando a cabeça, e depois se levantou e, com alguma pressa, disse algo sobre um comprimido para hipertensão antes de ir para a cozinha.

Os dois ficaram sozinhos por alguns minutos.

– Ela é louca – sussurrou Sebastián.

– Para mim, parece fascinante – disse Elisa, mantendo o mesmo volume.

– Porque você também é louca! – Se aproximou ainda mais, inclinou a cabeça até quase tocar a dela. – Você está entendendo? Estamos com uma assassina!

Ouviram passos. Sebastián voltou à sua posição anterior. Os olhos de Elisa estavam brilhando. Sebastián moveu os lábios, querendo que ela os lesse. Tentou dizer algo sobre sua mãe e sobre sair logo dali. Elisa virou o corpo para Inés e perguntou o que havia acontecido, quando e por que o clube tinha acabado.

– Isso tem a ver com a minha mãe? – perguntou Sebastián, olhando para Elisa com firmeza, pedindo-lhe para evitar mais distrações e querendo controlar a conversa.

– Não – disse Inés. – O caso da sua mãe acabou de acontecer. O clube acabou antes.

E começou a falar sobre si mesma. Porque eu era a próxima atividade, observou. Eu também tinha um objetivo, ela disse, levantando-se e os convidando a segui-la. Todos nós queremos matar alguém, não queremos? – afirmou, enquanto caminhava até a porta da sacada.

Os dois a seguiram.

– Olhem para a sacada. Antes, quando tudo era normal e a minha casa era uma casa de família, eu costumava ter plantas aqui. Gostava de voltar do trabalho e regá-las, assim eu também podia ver um pouco o pôr do sol, eu adorava aquilo, ver como a luz laranja iluminava os edifícios da frente, do outro lado da avenida. Eu tinha gerânios e violetas, e também cultivei em vasinhos manjericão, hortelã e alecrim. Sou fascinada pelo cheiro de alecrim.

Ela explicou que quando as manifestações começaram e os militares ocuparam as ruas, tudo mudou. Depois apareceram os grupos armados, ela disse, e aconteceu o que aconteceu, minha vida virou uma merda, não tem outro jeito de dizer, às vezes a palavra merda é a última que resta, a única que resta. Agora, na sacada, eu só tenho vasos vazios, cheios de terra seca. São desertos bonsais. Meus desertos.

Voltaram para a sala. Sebastián compreendeu que já não havia como calá-la. Naquele momento, Inés queria contar sua história: às vezes eu acordo de manhã e acho difícil distinguir que tiros soaram no meu sonho e que tiros soaram na rua, todos são tão reais, não importa mais onde eles estão. Acho que nos acostumamos tanto com os tiros que já os temos dentro de nós, vivendo conosco, ressoando, repetindo-se o dia todo e a noite toda dentro dos nossos corpos. Eu os ouço o tempo todo, acordada ou dormindo, e embora já esteja acostumada com isso, sempre acordo, acordo e fico esperando um pouco, para ver se vai haver outro, para ver o que acontece, e sinto como o meu coração fica ressoando no peito, e então eu digo a mim mesmo: calma, Inés. Ou: Inés, já passou; ou simplesmente: não começa, Inés; dorme, caralho, dorme, Inés. Mas raramente eu durmo. Agora as balas são o nosso relógio interno, como se todos nós tivéssemos um cronômetro que fosse contando os tiros, e assim nós sabemos a hora. Esse é o nosso tempo.

O dia em que a mataram foi uma quarta-feira, sabiam? Esse é o meu outro relógio. Desde aquele momento, estou presa às quartas-feiras. Foi por isso também que eu escolhi a quarta para ser o dia de reunião do clube. As quartas-feiras me parecem diferentes, eu as vivo de outra forma; não que nos outros dias eu não pense nela, não me lembre dela, mas as quartas-feiras são diferentes, viraram algo especial para mim. Não sei como explicar. Antes era o domingo, o domingo era o dia mais importante, quando a semana terminava e começava, o melhor dia; mas depois que mataram Irina, tudo se apagou, desapareceu, e as semanas começaram a girar em torno das quartas-feiras. As quartas-feiras viraram o meu domingo. Cento e trinta e sete já passaram, eu digo isso porque vou contando, esse é o meu calendário. Faz cento e trinta e sete quartas-feiras que assassinaram Irina. E às vezes eu até tenho dificuldade em dizer isso. As palavras ficam engasgadas, eu sinto uma coisa amarga aqui. Digo isso e ainda me dá vontade de chorar.

Talvez o problema seja que esses caras continuam vindo a este bairro. Não sei por quê, mas aqui virou o território deles. Passam com suas motos, com suas camisas vermelhas. Eu os vejo o tempo todo. Devia ter comprado um binóculo, assim eu conseguiria ver tudo melhor, à distância. Minha prima Enma tem um, é um binóculo alemão que ganhou do marido de aniversário, ela gosta de observar os pássaros. Antes ela viajava para fora da cidade com um grupo para isso mesmo, iam todos em silêncio, pelo que ela me contou, para observar os pássaros. Era como uma caçada, mas sem caça. Eu sempre digo a mim mesma: Inés, você tem que pedir o binóculo para a prima Enma; mas depois eu esqueço, como tantas coisas na vida que a gente esquece. Quem sabe? Talvez, se naquela quarta-feira eu tivesse um binóculo, eu teria sofrido mais. Teria visto como atiraram em Irina mais de perto, melhor. Teria sido mais doloroso. Sabiam que a bala entrou por um olho? Eu teria que ver isso. Irina como um pássaro. Recebendo um tiro. Como em uma caçada.

Já o localizei. É um dos líderes dessa gangue. O nome dele é Ronald, ou assim o chamam. Passa com frequência por aqui, às vezes vem acompanhado, às vezes vem sozinho. Às vezes eles se reúnem ali, estão vendo aquela árvore? É, ali, perto do ponto de ônibus. Eles se juntam, bebem cerveja, mexem com as pessoas que passam. Eu ainda o vejo às vezes. Esse era o próximo objetivo do clube. Mas infelizmente tudo acabou.

Inés fez uma pausa, colocou água na mesma xícara onde tinha bebido chá. Sebastián já estava desesperado. Sentia-se entorpecido. Segurava agora o livro de Alma Briceño.

– Minha mãe deixou umas mensagens por escrito.

Inés ergueu a vista, mais surpresa pela forma abrupta como ele falou do que pelo comentário. Era o que a expressão do seu rosto parecia refletir.

– Antes de morrer – esclareceu Sebastián. Depois ergueu o livro e pôs o dedo sobre o título. – A última mensagem dizia isso.

Inés abriu um sorriso ambíguo.

– A senhora sabe por quê? – ele perguntou, querendo ser enfático.

Ela demorou alguns instantes para responder.

– Sua mãe foi uma surpresa para nós todas – disse. – Ela escolheu a si mesma como vítima.

Sebastián estava congelado. Um suor, também frio, começou a brotar em sua testa. Inés continuou a falar com absoluta serenidade. Disse que Magaly foi sendo tomada lentamente pela melancolia. Saía na rua e tudo lhe parecia cinza. Sentia que as pessoas estavam em permanente mau humor. Que havia uma enorme tristeza no ar. Que as pessoas andavam sem rumo pelas ruas. Que a cidade se parecia cada vez menos como a sua cidade, que era um espaço desconhecido, devastado por uma guerra alheia. A sua mãe começou a sentir que tudo estava errado. Que respirar doía. Que estar viva não fazia sentido.

Sebastián se levantou, caminhou até a sacada, estava com as mãos esticadas, os punhos cerrados. Elisa o acompanhava com os olhos, cada vez mais preocupada.

Inés disse que Magaly tinha ligado para ela numa manhã. A sua mãe estava muito deprimida. Ela me disse que acordava todos os dias com vontade de chorar. Que se sentia seca. Seca em todos os sentidos possíveis. Inés foi vê-la, elas passaram boa parte do dia juntas.

– Sabia que ela tinha uma arma escondida no apartamento?

Sebastián virou-se para olhar para ela, surpreso.

– Ela me mostrou. Está no armário dela. Debaixo dos vestidos. Numa caixa de sapatos.

Sebastián pensou que tinha um abismo dentro de si. Sentiu vertigem. Voltou a se sentar. Inés fingiu que não via nada, que não estava atenta às suas reações. Contou que, depois daquela ocasião, elas conversavam com frequência sobre o assunto, que mesmo quando o clube se dissolveu elas continuaram a se ver e ocasionalmente se visitavam e conversavam.

– Mas ela – Sebastián não conseguiu evitar que sua voz tremesse um pouco –, ela – repetiu – sabia alguma coisa sobre esses assassinatos? Ela participava disso?

– Sim.

Sebastián suspirou, soltou as mãos, como se quisesse sacudir os dedos, enterrou seu olhar no chão. Elisa, sem pensar, estendeu a mão para ele. Mas sua mão ficou no ar.

– Sinto muito – sussurrou Inés.

E logo matizou sua afirmação e disse que Magaly nunca havia participado diretamente de nenhum homicídio, que sempre preferira ficar à parte. Só matou a si mesma, ela disse.

Sebastián não conseguiu aguentar, deu vazão à sua crise, levantou-se, deu passos largos, golpeou o ar, gritou, chorou, gritou novamente. Elisa o seguiu com os olhos, sem saber o que fazer. Inés permaneceu estática, como se a agitação que ocorria ao seu redor não pudesse tocá-la. Sebastián, desesperado com aquela atitude, parou na frente dela, de cócoras, e a encarou. Estava com os olhos vermelhos e a voz áspera.

– Por quê? Merda, por que ela fez isso?

– Porque era a natureza dela, Sebastián.

Ele a fitou, desnorteado. Como se ela tivesse falado em outro idioma.

– É o que ela queria fazer – continuou Inés. – Por isso ela deixou essa mensagem para você – recitou como se sublinhasse algo evidente: – te daria a minha vida... mas a estou usando!

– Estava usando-a para morrer? – exclamou Sebastián, exasperado.

– Não é isso o que fazemos nós todos, todo o tempo, todos os dias?

Sebastián ficou murcho pelo resto da tarde. Passou algum tempo de pé na sacada, olhando para a rua. Depois se sentou na sala ao lado delas, mas era evidente que ele não estava lá, que ainda estava ausente. Enquanto isso, Elisa e Inés conversaram animadas. Inés explicou que fatalmente havia acontecido com o clube o que acontecera com todos no país. Adriana e seu marido ficaram sem emprego e tiveram que emigrar, Leonor foi forçada a voltar para o bairro popular de onde havia saído, Teresa encontrou uma forma de escapar pela fronteira e se libertou do seu regime de comparecimento judicial. No final, ficaram apenas Magaly e ela.

– Magaly me avisou – disse Inés, após se certificar de que Sebastián ainda estava na varanda. – Os suicidas sempre avisam.

– E você? – perguntou Elisa. – Você não matou ninguém.

Inés sorriu com uma expressão de resignação e moveu as mãos num gesto de desamparo. Tantas vezes se sonha com a morte, ela disse. A nossa e a dos outros, acrescentou. Depois comentou que estava conformada, que já tinha perdido a oportunidade. Sozinha eu não conseguiria. As duas se olharam, estranhamente comovidas.

(Um Livro no Ar)

Naquela noite, Sebastián ficou meio louco. Destruiu o armário de sua mãe, tirou todas as roupas, jogou os vestidos na cama, atirou as camisas e as calças no chão. Elisa tentou contê-lo, mas foi inútil. Estava transtornado. Estava vivendo seu protesto, seu luto. Disse que ia dar a Betty todas as roupas. Depois gritou, desarvorado, que o melhor era doá-las. Depois também pensou em queimá-las. Já exausto, ofegante, sentou-se dentro do armário, ainda aos prantos, e começou a abrir as caixas de sapatos uma por uma. Elisa, sentada na cama, olhava para ele. Seus olhos também estavam úmidos. Estava assombrada.

Sebastián levantou um sapato na mão esquerda. Era de tecido, verde, com saltos. Da mesma caixa, com a mão direita, ele puxou a arma, pequena, cinza. Era una Ruger LCP, automática, calibre .38. Não fazia ideia de onde sua mãe poderia ter obtido uma arma como aquela. Indagou-se quando, como, por quê. Indagou-se se realmente conhecia sua mãe. Sem sair do lugar, esticou as mãos, mostrando os dois objetos a Elisa. Depois lhe disse que estava cagando para o seu namorado e a sua amiga e as festas de *swing*, que queria que os dois fossem o mais rápido possível para Los Angeles. Venha morar comigo, ele disse.

Passaram a noite toda na cama. Quiseram-se, apertaram--se, acabaram exaustos, deitados sobre os lençóis; como se a cama fosse uma jangada, cercados por vestidos e blusas, a maré derrotada do armário de Magaly.

– É sério – ele disse: – venha comigo.

Elisa olhava para o teto. Ele se virou sobre si mesmo e ficou ao lado dela. Brincou alguns segundos umedecendo um de seus mamilos com a língua. Depois insistiu. Diga alguma coisa, ele disse. E ela disse sim. Sebastián não esperava aquilo. Ou talvez não esperava tanta rapidez. Ergueu-se e caiu de joelhos no colchão. Uivou. Elisa riu, divertida. Mas depois ficou séria e agarrou a mão dele.

– Só tenho uma condição – ela disse.

Inés estava tentando acessar um canal internacional de notícias na internet, mas aparentemente o sinal tinha sido bloqueado. Fazia mais de uma hora que ela tentava, e no último momento a imagem caía. Só conseguia assistir ao noticiário de forma fugaz e fragmentária. Conseguia acessar alguns segundos da realidade, não mais que isso. Começou a resmungar quando de repente foi surpreendida pelo som do celular. Aproximou-se da mesa onde sempre o deixava. Quase ninguém tinha o seu número. Além disso, quase ninguém precisava ou queria ligar para ela. Temeu que de repente algo tivesse acontecido com Julio no exterior, mas, ao se aproximar, viu no identificador de chamadas que se tratava de um número local. O telefone tocava e vibrava simultaneamente. Já fazia muito tempo que nenhuma empresa realizava ações de telemarketing. Inés nunca pensou que sentiria saudade daquela invasão publicitária. Mas era o que acontecia. Não havia mais propagandas de qualquer tipo. Não havia mercado. Não havia nem sequer economia. Só restava o caos. Porque o caos era a única coisa que o Alto Comando conseguia administrar.

– Alô – ela decidiu atender.

– Inés?

Estranhou ainda mais. Não reconheceu a voz.

– Sim, quem é?

– Vá até a sacada!

A ligação terminou abruptamente naquele instante. A mulher que havia ligado só queria dar aquela instrução. Desligou de imediato. Inés deduziu que ela estava falando de um lugar público. Havia barulho ao redor. Saiu na sacada, ainda desconfiada, receosa. Apoiou-se na murada e fez seu olhar vaguear, como tantas outras tardes, ao longo da avenida. O sol tinha começado a declinar a oeste. Uma mistura de tons laranja riscava o fundo do céu.

Só entendeu o que estava acontecendo quando observou o ponto, perto da esquina. O ônibus acabava de parar. Uma moça desceu e olhou diretamente para cima, para ela. Tinha uma cabeleira bagunçada. Daquela distância, ela ergueu a mão e acenou. Inés sentiu uma pressão no peito. Pôs a mão na murada e se grudou ainda mais à parede da sacada.

Lembrou do binóculo. Lembrou de Enma. Lembrou dos pássaros.

Viu como a moça se dirigia lentamente para o lugar onde Ronald estava com a sua moto. Seguiu o balanço de seus quadris, viu-a passar por outros transeuntes e caminhar direto para ele.

A língua sem seca, sem umidade. Os dedos duros. Inés teve medo novamente. Quis gritar. Viu-se no abismo do oitavo andar olhando para baixo.

Elisa estava com a arma no bolso de trás da calça. Estava usando uma peruca de cabelos cacheados e óculos de sol prateados. Ronald não conseguiu nem dizer oi, querida! Não conseguiu nem sequer se babar. Não conseguiu nem sequer mexer as mãos. Antes de qualquer coisa, Elisa já tinha colocado a arma na sua testa. O resto foi mover um dedo.

Inés ouviu o tiro.

Fechou os olhos.

Sorriu.

Da sacada, ela viu Elisa correndo para um carro que Inés não conseguiu reconhecer. Era um carro diferente do de Magaly, estava esperando-a na esquina da avenida. Ela pulou para dentro, e então o automóvel se afastou rapidamente em direção à rodovia.

– Estamos a caminho do aeroporto – disse Elisa. – Nosso voo sai em uma hora e meia.

– Se cuidem.

– Você também.

Trocaram apenas aquelas palavras. Depois, Inés olhou para fora, viu a sacada iluminada pelo entardecer. Decidiu que era um bom dia para tomar uma taça de vinho. Mas, a caminho do bar, se deparou com o livro de Alma Briceño. Não pôde evitar que um novo sorriso lhe assomasse à boca. Saiu com o livro na mão.

Da sacada, dava para distinguir a pequena poça de sangue em torno do corpo de Ronald. A camisa vermelha. A moto invicta. A cabeça sem força, descansando sobre o cimento da calçada.

As pessoas passavam ao lado dele. A maioria se afastava. Ninguém fazia nada. Apenas um homem parou, deu-lhe um chute e depois continuou seu caminho.

Inés viu tudo, maravilhada. Depois olhou para a frente, em direção ao pôr do sol. E num impulso, subitamente, jogou o livro no ar. As páginas de Alma Briceño sulcaram a tarde. Inés as viu voar, tentar flutuar e, irremediavelmente, descer ao chão. Sorriu com mais calma, com mais tranquilidade. Nada podia lhe arrebatar aquela expressão radiante. As sobras de luz que restavam iam se refletindo nas janelas dos edifícios do outro lado da avenida. Um clarão vermelho surgiu no meio da paisagem.

Inés voltou a olhar para baixo. E pensou então na plenitude. Pensou que talvez, naquele momento, estava enfim muito perto de uma felicidade.

Espirais que matam: os desvalores da violência

Tal vez, nuevamente

Alberto Barrera Tyszka inquieta e surpreende com sua prosa. Logo na primeira página, mais precisamente no final do terceiro parágrafo, o narrador de *Mujeres que matan* apresenta o baixo contínuo que estrutura sua prosa:

> Tal vez, *nuevamente*, había gente improvisando barricadas y trancando las calles.[1]

Pouco a pouco, esse compasso define o ritmo da narrativa; por isso mesmo, sobressaltada:

> De regreso al baño, apagó el televisor. *En ese momento* estaban transmitiendo un informe del Alto Mando. (p. 15, grifo meu.)

En ese momento, na prática, equivale aos instantes todos dos personagens da trama. No fundo, suas circunstâncias deixaram

---

[1] Alberto Barrera Tyszka, *Mujeres que matan*. Ciudad de México: Penguin, 2018, p. 9 (grifo meu). Nas próximas citações, indicarei apenas o número da página.

de ser definidas por um eu orteguiano, pois a desestabilização do cotidiano reduz todos ao papel constrangedor de reféns de um centro externo de definição. Daí, a definição exata do autoritarismo: onipresença em todas as esferas do dia a dia. *Horror vacui* que tanto define a vertigem do tempo acelerado das redes sociais, que não suportam espera alguma, quanto caracteriza o estado totalitário, que pretende controlar as subjetividades como quem calcula os malogros de uma economia em colapso.

(Não é casual que, em duas notáveis distopias de um mundo totalitário, *1984*, de George Orwell, e *Fahrenheit 451*, de Ray Bradbury, o controle absoluto sobre os cidadãos se exerça por meio de monitores, como se antecipassem a tirania das telas que aceitamos docilmente em nossos cotidianos.)

Na série-maratona de René Werner Fassbinder, *Berlin Alexanderplatz*, a atmosfera do romance homônimo de Alfred Döblin, publicado em 1929, conheceu uma sutil porém reveladora tradução: aqui e ali, escuta-se um aparelho de rádio ininterruptamente ligado, dissolvendo as fronteiras entre público e privado; na verdade, impondo à esfera do íntimo a ordem das coisas que convém aos poderosos. Nada a ver, portanto, com o clima lúdico e mesmo afetivo que se descortina em *Radio Days*, de Woody Allen, pois, em lugar de uma escolha espontânea de programas e de atrações, no ar claustrofóbico de regimes autoritários não há espaço para volição alguma: a forma, em geral monótona, e o conteúdo, *a priori* estabelecido, são impostos pelas estruturas dominantes.

No período de ascensão do nazismo, o fenômeno descrito por Fassbinder somente se intensificou.[2] Em 1933, Joseph Goebbels lançou o projeto *Volksempfänger* – rádio do povo. Tratava-se de produzir um aparelho barato, facilmente acessível para todas as classes, especialmente as populares. O resultado? Tornar realidade o sonho da propaganda oficial: "A Alemanha inteira ouve o Führer com o *Volksempfänger*".

(Não se esqueça do *horror vacui*: Alemanha *inteira*.)

Eis aí uma constante na história: quanto maior a pretensão autoritária, tanto maior seu empenho em dominar – seja a palavra na ágora; os muros das primeiras cidades; os corpos de aedos; os manuscritos ou os rolos de papiro; o livro de impresso e todos os meios de comunicação.

Mujeres que matan principia *in media res*, com o suicídio de Magaly Jiménez e a elucidação das circunstâncias de sua morte é o norte da narrativa. Contudo, a depender da imprensa nada seria esclarecido. O motivo é tão simples quanto brutal (mas o autoritarismo não será a brutalidade com que a violência simplesmente se exerce em todos os níveis?):

> En ciertas épocas, tal vez, un suicidio hubiera ocupado las páginas de suceso de algún periódico. Pero en esos días, *ya*

---

[2] Um livro importante sobre o tema: Peter Jelavich, *Berlin Alexanderplatz: Radio, Film, and the Death of Weimar*, de Peter Jelavich (Berkeley: University of California Press, 2006).

> *ni siquiera había periódicos*. Los que quedaban estaban dominados por el Alto Mando. (p. 19, grifo meu.)

Ironia máxima, embora perversa, à onipotência do Alto Mando corresponde a virtual extinção do que se pode denominar "vida normal", isto é, um mínimo de ordenamento que molda o cotidiano em matéria plástica, moldável de acordo com os desejos e as possibilidades individuais. Num regime totalitário vive-se em permanente suspensão – nada fenomenológica, esclareça-se. Trata-se antes de uma existência que perde seu eixo, pois sua rígida determinação é transferida para um poder supremo, cujos caprichos tornam-se sempre mais irracionais porque crescentemente alienados do mais elementar princípio de realidade.

O resultado dessa alquimia autoritária? O narrador esclarece:

> Ya no había mercado. No había ni siquiera economía. Sólo quedaba el caos. Porque el caos era lo único que podía administrar el Alto Mando. (p. 206-07.)

Aprendemos a considerar as consequências da dissolução do tecido social (quase) exclusivamente com base em fatores objetivos, avaliando dados concretos: queda dramática do PIB; crescimento acelerado do desemprego; inflação galopante ou mesmo o fantasma da hiperinflação; colapso dos serviços públicos; insegurança crescente; violência como moeda corrente nas relações pessoais.

A lista poderia seguir, acumulando elementos macroeconômicos, gráficos engravatados e tabelas imponentes. No entanto, há uma pergunta-chave que geralmente se negligencia: quais os ecos da onipresença do Alto Mando na dissolução dos laços sociais e, sobretudo, na desestabilização de subjetividades?

Se não vejo mal, o romance de Alberto Barrera Tyszka oferece uma resposta desconcertante – a força mesma de sua concepção.

(Escuchar a los muertos)

Voltemos à elucidação do suicídio de Magaly Jiménez. Sebastián, seu filho, retorna de Los Angeles, onde estuda, para o enterro de sua mãe. Como entender seu gesto final? Havia algo que poderia ter sido feito para evitar o sucedido? Nesse capítulo – (*Escuchar a los muertos*) –, Sebastián conhece uma personagem decisiva para o desenrolar da trama, Elisa Naranjo, estudante que prepara um documentário sobre mulheres que se suicidaram. Afinal, não apenas "cada vez más se suicidaban más mujeres", como também "las mujeres suicidas fueron prohibidas después de muertas. Se les quitó la oportunidad de ser noticia" (p. 40).

O título do capítulo realiza uma sutil modificação no célebre verso do poema de Quevedo, "Desde la torre de Juan Abad". Recordemos a primeira estrofe:

> Retirado en la paz de estos desiertos,
> con pocos, pero doctos libros juntos,

vivo en conversación con los difuntos,
y escucho con mis ojos a los muertos.

A diferença na prosa de *Mujeres que matan* é uma filigrana; porém, como se sabe, o todo se revela nos detalhes: (*escuchar a los muertos*). No poema, a escuta dos mortos se faz com os olhos porque o ato de leitura inventa um tempo único, no qual passado e futuro se concentram num presente cuja intensidade foi bem definida por Franz Kafka. Numa anotação de seu diário, observou com a concisão perturbadora típica de sua prosa: a literatura do ano 2000 será a literatura *lida* em 2000, incluindo-se aí também, por que não?, até mesmo a literatura *escrita* nesse ano. O que está em jogo é o milagre da ressurreição contínua dos livros cada vez que são consultados. O poeta se esmera para enfatizar essa inesperada comunhão por meio das letras na figura do oxímoro que emoldura o verso: *vivo* en conversación con los *difuntos*.

O narrador, contudo, altera o verso e, nessa modificação, arma a surpresa maior.

Passo a passo.

Suprimidos os olhos da equação, um universo paralelo se abre. Agora, *escuchar a los muertos* não mais implica atualizar o texto lido; pelo contrário, os mortos assim permanecem e, no máximo, podemos indagar das circunstâncias de sua morte. No caso de Magaly Jiménez, um giro inesperado conduz o leitor à atmosfera em princípio reconfortante de um clube de leitura – indicação de sua analista, depois de um pedido insistente:

> (...) Estoy desesperada. Necesito una pequeña dosis de conductismo. ¿No puedes darme un truco, un consejo, lo que sea?
>
> La terapeuta permaneció unos segundos en silencio.
>
> – La lectura –dijo al fin–. ¿Por qué no te metes en un club de lectura? (p. 56)

Pronto! Em tese, o trem voltaria para os trilhos. Ora, mesmo no regime teocrático do Aiatolá Khomeini, a professora Azar Nafisi, depois de ser expulsa da universidade, encontrou abrigo e conforto num clube do livro que se reunia em sua casa e no qual se discutiam autores proibidos pelo fundamentalismo islâmico; por exemplo, Vladimir Nabokov, como se depreende do título de seu ensaio: *Reading Lolita in Tehran*.[3] Por dois anos, de 1995 a 1997, ano de seu exílio, os encontros regulares permitiram à autora preservar o mínimo de ordem e de estabilidade num cotidiano virado de ponta-cabeça pela Revolução Iraniana. Quem sabe a analista não *permaneció unos segundos en silencio* recordando a experiência de Azar Nafisi?

E o que dizer dos personagens do romance de Dai Sijie, *Balzac y la joven costurera china*?[4] No contexto da Revolução Cultural levada a cabo por Mao Zedong no final da década de 1960 e na década de 1970, dois jovens foram submetidos ao ritual da "reeducação":

---

[3] Azar Nafisi. *Reading Lolita in Tehran. A Memoir in Books*. New York & London: Random House, 2003.

[4] Dai Sijie, *Balzac y la joven costurera china*. Barcelona: Ediciones Salamandra, 2005. Cito em espanhol porque se trata da edição que consultei.

> No éramos los primeros ni seríamos los últimos cobayas utilizados en este gran experimento humano. A comienzos del año 1971 llegamos a aquella casa sobre pilotes, perdida en lo más hondo de la montaña.[5]

Afastados do centro urbano, imersos no meio rural, os jovens intelectuais esqueceriam os erros "burgueses" do passado para se integrar à vida "simples" do povo. Para tanto, claro está, a cultura ocidental deveria ser esquecida; no fundo, bastava a leitura do *Livro Vermelho* do Grande Timoneiro. Um dia, porém, um evento mudou a vida dos adolescentes: como num passe de mágica, encontraram "una maleta elegante, de piel muy gastada pero delicada. Una maleta de la que brotaba un lejano aroma de civilización".[6] Aberta a mala, a surpresa maior: uma pequena, porém preciosa, coleção de obras-primas da literatura ocidental. Um improvisado clube de leitura é formado pelos dois jovens. Em breve, incluem a atraente filha do alfaiate da vila para a qual foram enviados. No final do romance, a revelação: depois de se apaixonar pela literatura de Balzac, a bela jovem toma uma decisão radical:

> – Quiere ir a una gran ciudad – me dijo –. Me ha hablado de Balzac.
>
> – ¿Y qué?
>
> – Me há dicho que Balzac le había hecho comprender algo: la belleza de una mujer es un tesoro que no tiene precio.[7]

---

[5] *Ibidem*, p. 15.

[6] *Ibidem*, p. 74.

[7] *Ibidem*, p. 267.

Como no caso de Nazar Afisi, a experiência literária revela uma potência única que tanto permite preservar um mundo interior intacto, independentemente de toda pressão exterior, quanto favorece a descoberta de uma força íntima, que permaneceria latente sem o gatilho do ato de leitura.

O mais provável é que a analista de Magaly Jiménez tenha pensado nessa potência ao sugerir num tom casual, como quem deseja desembaraçar-se de um problema: *¿Por qué no te metes en un club de lectura*? Certamente, não ocorreu à analista que, muito pelo contrário, o pacato clube do livro conheceria uma inesperada e perturbadora metamorfose.

(Vale a pena recordar o título deste romance: *Mujeres que Matan*.)

(Tantas veces muerte)

No entanto, e se o caos cognitivo estiver instalado, fazendo da ágora uma impossibilidade concreta? E se o caos econômico se tiver tornado a própria "economia", obrigando as pessoas à irracionalidade diária num universo com escassez crescente de escolhas? E se o caos social foi convertido na única "mediação" disponível, condenando as relações a uma imprevisibilidade angustiante? E se o caos da administração pública passou a definir o "Estado", fazendo da violência a moeda de troca em todos os níveis?

Nesse cenário propriamente apocalíptico, o que pode um clube do livro? Melhor dito: nesse cenário anacronicamente hobbesiano, quais os efeitos da potência da leitura literária?

Para concluir, vale a pena recordar as palavras duras de Inés, uma das mulheres do clube do livro:

> – Aprendimos a matar –dijo Inés, de pronto sopesando cada palabra–. Aprendimos que matar es fácil. Que no da resaca. Que no necesariamente da culpa. Que a veces hace bien. (p. 193)

Coda

Proponho um exercício: releia *Mujeres que Matan* como se o romance tivesse sido escrito em português.

(Você também se assustou com o resultado?)

João Cezar de Castro Rocha